Héctor Herrero

EL CÁLIZ DE SAN ANTOLÍN

1ª Edición: diciembre 2008

2ª Edición revisada: marzo 2009

©Editorial Acitara

Portada: Elena Briones

Maquetación: Elena Briones

www.elcalizdesanantolin.es.tl

ISBN: 978-84-937066-1-6

Depósito Legal: M-56893-008

RTPI-010071/2007

Impreso en España por PUBLICEP Libros Digitales.

Para Elena y Héctor

Por sus sonrisas

Nota del autor

Dice el Diccionario de la Lengua Española en su vigésima segunda edición sobre la acepción Novela que se trata de una Obra literaria en prosa en la que se narra una acción fingida en todo o en parte, y cuyo fin es causar placer estético a los lectores con la descripción o pintura de sucesos o lances interesantes, de caracteres, de pasiones y de costumbres. Importante, sin duda, este punto de acción fingida en todo o en parte. El autor de la presente obra quiere reclamar el derecho del novelista a inventar, imaginar, crear, engañar, fantasear, fingir o urdir cualquier tipo de trama para, como dice la RAE, causar placer estético al lector. También tiene la obligación de advertirlo si la acción es completamente fingida. Por ello, me he permitido la licencia de alterar los lugares, la historia e incluso la tan inmutable ciencia. Frente a algunos que consideran que los relatos históricos o científicos deben cumplir a rajatabla con la "verdad" establecida o frente a los que reinventan la historia a su gusto sin pudor con ciertos aires megalómanos, esta historia sólo pretende entretener. Sin más.

Glosario científico

ADN (ácido desoxirribonucleico): toda la información necesaria para crear un ser vivo se encuentra en cada célula, en el ADN. Formado por dos cadenas en forma de doble hélice. Las cadenas se encuentran formadas por secuencia de bases (adenina, guanina, citosina y timina) unida con su cadena complementaria. Un gen es una secuencia determinada de una de esas dos cadenas.

ARN (ácido ribonucleico): cuando un gen se activa, este debe leerse y producir una proteína. Sin embargo las células no son capaces de leer el ADN como tal. Por eso la cadena de ADN que debe leerse es copiada (transcrita) dentro de la célula a un ARN (formado igualmente por secuencia de bases de datos adenina, guanina, citosina y uracilo) y leída en los ribosomas.

Genoma: conjunto de los genes de una célula. Inicialmente se hablaba de genes como entidades independientes pero hoy en día es más correcto hablar de genoma ya que no es posible entender el funcionamiento de ellos sin interaccionar con todo el conjunto. El ser humano posee en cada célula, 46 cromosomas en los que hay 6000 millones de pares de bases y unos 40000 ó 30000 genes (aunque esta cifra varía con la evolución de las investigaciones), no más del doble de una mosca (el ser humano necesita algo más de humildad). Por lo tanto se cree que alrededor del 50% del material genético es ADN basura, aunque esta teoría es cada vez más discutida por el absurdo evolutivo que supondría.

Proteoma: conjunto de proteínas de una célula en un momento determinado.

Proteínas: los ladrillos, tuberías, cemento y resto de materiales de construcción con los que se fabrica un ser vivo. Formado por un conjunto de aminoácidos. Dentro de un gen (secuencia de bases): al leerse un gen este es transcrito a un ARN y este leído. En su secuencia de bases, cada grupo de tres codifica para aminoácido. De esto se deduce el (casi) dogma fundamental de la biología molecular. ADN, ARN y proteína.

Knock out: en el estudio de los genes, se han desarrollado animales que son diseñados, por muy mal que suene, sin un determinado gen, con el fin de observar que le sucede durante su desarrollo (nada bueno por lo general).

PCR (reacción en cadena de la polimerasa): técnica que permite amplificar y reproducir las cadenas de ADN. Supuso una de las mayores revoluciones en el campo de la biología molecular.

1

Palencia, 1499

—Tenga cuidado, señor—dijo ayudando a su amo a ponerse la capa.

—Lo tendré, Sancho. Gracias, amigo.

Salió, pero no pudo evitar mirar hacia atrás como si fuera la última vez que lo fuera a ver. No conseguía quitarse los temores de encima desde Abril, desde hacía siete años. Martín Pérez, era el mejor médico de toda Tierra de Campos, y uno de los más respetados de las Españas, pero tenía miedo. Mucho. De su futuro y de Dios. Había traicionado su fe y a sus antepasados, perdidos en la historia desde que llegaron en tiempos a Iberia. Gozaba de una posición excelente, clientes muy respetables que le aconsejaron abrazar la fe católica cuando la Reina Isabel decretó la expulsión de los judíos. Jekutiel Ben Meir había elegido ser un converso. Perdió el respeto de sus amigos judíos, de su familia y a buen seguro que Yahvé no le tenía en buena estima. Cuando el resto de sus hermanos y tíos partieron hacia Levante, no les pudo mirar a los ojos, avergonzado por anteponer la mente al corazón.

Sus vecinos cristianos, tampoco le tenían mucha simpatía. Le miraban con recelo, porque aspiraban a conseguir su casa y sus tierras a un precio ridículo y por ello hubieran preferido que se marchara. La caridad cristiana brillaba por su ausencia. Le vigilaban, y escrutaban todos sus movimientos, esperando encontrar cualquier gesto que un dominico al acecho pudiera considerar judaizante. Por eso, cuando le avisaron de que debía dirigirse a la Catedral, un escalofrío le recorrió el cuerpo, cuando en las calles no se hablaba de otra cosa más que de quien dos días antes había llegado a la ciudad.

Fray Diego de Deza, Inquisidor General del Reino de Castilla, futuro Obispo de Palencia, preceptor y testamentario del fallecido Príncipe Juan, y sobre todas las cosas, enemigo acérrimo de los conversos, era quién requería sus servicios. Aunque había servido a muchos personajes de categoría a lo largo de su vida, incluso pidieron su ayuda cuando la enfermedad del Príncipe, éste era especial. Temido por todos, Fray Diego era una de esas personas que congelaría la sonrisa de Lucifer con sólo mirarlo.

Repasó todo lo que había hecho en los últimos meses, intentado convencerse que de nada podían acusarle.

La noche era cerrada, fría, con ese aire castellano que se mete hasta lo más hondo de los huesos y te paraliza el alma. Afortunadamente, la Catedral estaba sólo a cuarenta pasos de distancia. Cuando llegó, se detuvo y contempló el excelso edificio que se alzaba ante sus ojos y nuevamente se dio cuenta de que la diferencia entre el bien y el mal, entre una maravilla que contemplaran las generaciones futuras y el comportamiento más tenebroso posible, estaba, simplemente, en el ánimo de las gentes. No podía comprender a sus semejantes, que levantaban tan colosal edificio y al mismo tiempo eran culpables de los crímenes más atroces que el ser humano pueda imaginar.

Entró y se dirigió al pequeño arco de acceso a la Cripta de San Antolín, tal y como le habían indicado. Allí, bajo la leyenda del Rey Sancho, le esperaba un fraile.

—Sígame—ordenó el fraile. Un nuevo escalofrío recorrió al galeno.

Tras las escaleras y bajo un techo de madera, húmedo y negro con anchas vigas de roble, se abría un largo y estrecho corredor con tres celdas a la derecha y dos a la izquierda. El hedor a orín y excrementos era insoportable y las ratas y cucarachas campaban a sus anchas. Lámparas de incienso intentaban hacer más llevadero el camino. Al final, una sala. Entraron. El olor desapareció y el frío murió con el calor de dos enormes chimeneas en las que ardían dos buenos troncos de chopo.

Enfrente, sentado tras una imponente mesa, nariz afilada, pronunciado mentón y grandes y caídas orejas, se encontraba el Inquisidor General, acompañado de dos frailes dominicos. A su izquierda, en otra mesa, Lope de Loma y Antoni Clos, reputadísimos físicos, le observaban.

—Maese Pérez—comenzó uno de los frailes—no queremos entretener a su eminencia Fray Diego, así que no daremos rodeos. Lo mismo pedimos a vuesa merced. Hace dos días, quince conversos fueron conducidos a este sagrado lugar para su interrogatorio, acusados de prácticas contra la verdadera religión. Una vez interrogados, se les separó, recluyendo a cinco de ellos en cada una de las celdas. A las pocas horas, trece comenzaron a enfermar. Murieron a mayor gracia de nuestro Señor, un día después.

—¿Y los otros dos?—preguntó Ben Meir.

—Se encuentran perfectamente. Serán juzgados y podrán tratar de convertir a Belcebú, si así lo desean.

El silencio se hizo insoportable.

—No comprendo, eminencia—preguntó Martín.

Fray Diego, dirigió su mirada a Maese Clos para que continuara la exposición.

—De los quince, ocho eran hombres, cinco mujeres y dos niños. Sólo dos mujeres sobreviven. Pero no sólo había judíos en las celdas. En cada una de las celdas había varios presos más. Acusados de brujería, o de proporcionar cobijo a judíos.

—¿Quiere decir que sólo murieron los judíos?—dijo Ben Meir sorprendido.

—Así es. Desde que fueron detenidos, siempre estuvieron juntos. Bebieron el mismo agua, comieron el mismo pan y se siguieron los mismos interrogatorios en todos los casos. Pero sólo ellos murieron—intervino maese Clos.

—¿Cómo murieron?—preguntó Ben Meir.

Lope de Loma tomó la palabra.

—Comenzaron con graves síntomas de cólico intestinal, vómitos y algunos se quejaban de dolor en la espalda. Eso fue al caer el día. Al amanecer, los más graves tenían una erupción por todo el cuerpo y sangraban por la boca y el ano. Gritaban y se retorcían. Era como si Dios hubiera decidido juzgarlos en vida. El último castigo divino fue cuando escupieron sangre por los ojos. Nunca vi nada igual—. Lope estaba asustado de verdad.

Ben Meir quedó estupefacto, nunca había oído nada parecido y mucho menos contado por la voz quebrada de su buen y viejo amigo Lope. La sangre y los gritos no le intimidaban, había visto casi todas las posibilidades del sufrimiento humano, pero no recordaba nada que llevara a los hombres ante Yahvé, en apenas doce horas.

Pensó en los compañeros de celda, en sus rostros, paralizados por el pánico de saber que morirían con toda seguridad, a las pocas horas, de una manera tan horrible, preguntándose si el más leve picor significaba que su condena estaba cerca, angustiados por saber cuanto dolor les esperaba. Y finalmente salvarse.

—¿Qué opina Maese Pérez?—la voz de fray Diego sonaba como un trueno.

—No lo sé, hay muchas enfermedades que pueden causar síntomas parecidos, pero no en un periodo de tiempo tan corto. Además, está lo de los dos supervivientes, ¿conoce....?

—Sin duda, fue un castigo de Dios—interrumpió bruscamente su Paternidad—. Esto no debe sino hacernos continuar la lucha contra los asesinos de nuestro señor Jesucristo.

Ben Meir contuvo la respiración. Quiso clavarle la cruz en el corazón al Inquisidor General, pero su práctico sentido de la existencia le confirmó que no era una buena idea.

—Redactará junto a sus dos compañeros un informe sobre estos hechos— informó uno de los frailes—. Pueden empezar.

Fray Diego se levantó y abandonó la estancia junto con uno de los frailes por una pequeña puerta junto a la chimenea de la derecha. Al poco rato, uno de ellos volvió y les invitó a iniciar su labor. Los tres médicos se sentaron y comenzaron su trabajo.

—No entiendo nada. ¿Por qué murieron sólo trece y no todos los que estaban encerrados? ¿Por qué sobrevivieron dos de ellos? Lope, ¿por qué no me avisasteis antes?—se preguntaba Ben Meir.

—Lo siento, amigo. Pero al tratarse de judíos… Ya sabes que no eres bien visto en algunas instituciones. Finalmente convencimos a Fray Diego de que tu opinión era imprescindible.

—Gracias—Martín sabía que Lope era sincero—. Pero por lo que veo, no creo que sea de mucha ayuda, no consigo recordar ningún caso semejante. Quizás rebuscando en la biblioteca, pero algo se nos escapa.

—No te preocupes Martín, no encontrarás una explicación razonable, conocemos todas las enfermedades que en el mundo son, al menos en el nuestro y ninguna mata tan deprisa. Tenemos preparado ya el informe—dijo Antoni mientras se lo acercaba—. Si estás de acuerdo podemos firmarlo. Nosotros nos vamos, esta luz me está dejando ciego.

Ben Meir comenzó a leerlo. Tal y como habían explicado, solamente dos de los quince habían sobrevivido. Dos mujeres jóvenes. Dos. Seguía sin entender nada. Finalmente, firmó el documento extraordinariamente redactado y se lo entregó al dominico. Éste lo colocó cuidadosamente, sobre otro pliego situado en la esquina de la mesa.

—Espere aquí—ordenó de nuevo el fraile.

—Deberíamos haber añadido que no hemos podido visitar a las dos mujeres, quizás hubiéramos observado algo—pensaba.

En ese momento, decidió estirar el brazo para alcanzar el informe. Uno de esos gestos absurdos, inútiles, inocentes, pero que cambiarían su vida. Acortándola.

Debajo del informe, se encontraba un pergamino con la tinta aún fresca. Eran los nombres de todos los judíos apresados. Los quince. Edad, lugar de nacimiento, nombres de familiares, amigos, profesión, ingresos, actividades realizadas en los últimos siete años. Los brazos de la Inquisición doblaban todas las esquinas.

El informe tenía el sello del Inquisidor General en todas sus páginas, por lo que debía ser importante. Buscó a las dos mujeres que seguían, no por mucho tiempo, con vida. Cuando las encontró se le heló la sangre.

2

Langley, Estados Unidos, 2006

—No tenemos la más remota idea de dónde está, señor.

La expresión del Comandante Williams lo decía todo. A pesar de sus casi veinte años trabajando en las más sórdidas operaciones del Gobierno norteamericano, estaba pálido, cansado, abatido y le costaba articular palabra. Frente a él, los responsables de la CIA, el FBI, el agregado militar a la operación y el Secretario de Estado de la Nación más poderosa del planeta, no daban crédito a lo que escuchaban. Cuarenta años de trabajo estaban a punto de irse al garete sin saber cómo.

El Secretario de Estado tomó la palabra.

—Todavía no he salido de mi asombro, no crea. Me caería de la silla si no estuviera seguro de que se reirían de mí después. Tendremos que centrarnos en resolver el problema, señores, de nada sirve lamentarse ni evaluar los fallos, que han sido muchos por cierto, en este momento—dijo Palacios mirando a los responsables de las agencias—. Ya habrá tiempo para ello. ¿Cuál es la última información facilitada por nuestro agente?

Williams alargó el brazo, tomó un sorbo de agua con gas, inspiró profundamente y comenzó la explicación.

—A las veinticuatro cero cero del día…

Palacios no le dejó terminar la frase.

—Por favor Williams, déjese de parafernalia militar.

—Lo siento señor, disculpe. Nuestro agente informó de la culminación parcial del proyecto. El viejo estaba extremadamente contento para alguien de su edad, si se me permite la expresión, y su hijo también tenía un brillo especial, aunque dada su reputación…. Como saben, sólo ellos dos están al tanto de los logros de sus departamentos. Ni siquiera nosotros estamos seguros de qué se ha estado cocinando allí en todos estos años y, en mi opinión, Cooley junior tampoco conoce el cien por cien de la información y me atrevo a aventurar que su padre lo tiene completamente engañado. El despido de Núñez nos descolocó, pero luego lo interpretamos como la consecución de algún logro. Quizás su departamento ya no podía ofrecer más o había ofrecido todo en su campo, como pasó dos meses atrás con Higgins….

—Creemos que a algún árabe se le fue la mano con él—intervino la CIA.

—¿De dónde?—preguntó Palacios.

—No estamos del todo seguros. Sirios o iraníes, o tal vez ambos. Al pobre diablo lo detuvieron al día siguiente de despedirle el viejo. Lo interrogaron en Tijuana, es casi lo único que sabemos. El satélite captó la conversación y o era mejor mentiroso que matemático, o no estaba al corriente más que de su área de trabajo. Por eso, no fueron a por Núñez. El pobre Higgins acabó muerto como un perro en la carretera. No tuvimos tiempo ni de preguntarle por su nombre. Es posible que hubiéramos sacado alguna clave interrogándolo, aunque hace unos años debimos haber ido a por Matthews, pero murió demasiado rápido. Luego Jones, heredó el trabajo, aunque no la experiencia de su predecesor.

—Nuestro agente fue despedido e igual que los otros dos directores, con una más que suculenta indemnización en el bolsillo, todos los parabienes posibles por parte de Cooley y un entusiasmo fuera de lo normal, así que decidió ir a por todas esa misma noche. Recordará que despertamos al Presidente para autorizar la operación. Consiguió entrar en la maldita cámara pero no encontró nada. Meses siguiendo al viejo, satélites, timadores, correos electrónicos. ¡Hasta secuestramos al diseñador de la caja fuerte! Y una vez dentro, nada de nada. Ni los dosieres de Higgins y Núñez. Sólo unas viejas fotocopias sin importancia, dijo. A la mañana siguiente ni el padre ni el hijo estaban. De esto hace veinte horas, señor, y seguimos sin localizarlos.

—¿Alguna pista?—preguntó Palacios.

—Muchas y ninguna—contestó el FBI—. Conocemos el trabajo de Jones, que dirigía el tercer departamento, pero nada más. No dejaba de ser el mismo que se realiza en cientos de universidades de todo el mundo. Entregó sus diseños hace un par de semanas, pero a ella no la despidieron hasta anteayer.

—¿Qué saben en Israel, si es qué saben algo? El Presidente me preguntará antes de informar a sus amigos de Washington. Y les aseguro que no le va a hacer ninguna gracia lo que me están contando. Los laboratorios de este tipo huelen a podrido.

—Les informamos regularmente aunque, no podemos decir que sea un camino de doble dirección. Tardaron casi treinta años en descubrir el pasado de Cooley, algo que nos comunicaron los británicos al poco de instalarse aquí. En otro tiempo hubieran ido por él, pero al fin y al cabo era un simple espía, de los mejores, pero nada más. O al menos eso creíamos. Decidió venir aquí y solamente lo controlamos de vez en cuando, incluso en tiempos de Meir lo siguieron un tiempo. Siempre le creyeron inofensivo.

—No me cuente la vida de Cooley, porque me la sé igual de bien que el resto de los ciudadanos de medio mundo. Bueno, dado que no están seguros de si estamos ante un terrorista, un loco, un paciente asesino o un viejecito que disfruta con sus tubos de ensayo, ¿qué sugieren?

Los cuatro se miraron sin saber muy bien que contestar. Como siempre, se decidió que quién mejor que el oficial de menor grado para comerse la pregunta directa del Secretario de Estado. Williams pensó en qué gastaban esos tres su sueldo.

—En aceite—dedujo—. Como bien dice estamos un poco ciegos. Intervenimos un par de conversaciones de agentes sirios, la noche pasada. Hablaban de esperar acontecimientos en España. Parece que están un paso por delante de nosotros. Le he pedido a Jones que vaya a visitar a Núñez. Son viejos amigos y tal vez le pueda sacar algo más. Tendríamos las tres piezas y tal vez el puzle terminado.

—Si es que son tres—concluyó Palacios.

3

Carrión de los Condes, 1499

Se despidió de Sancho. Nunca más lo haría y era algo que ambos sabían. Se conocían desde hacía más de veinte años, y siempre había sido un fiel amigo y compañero, sobre todo en los malos momentos de los últimos siete años, cuando le hubiera sido mucho más fácil huir de las miradas y comentarios maliciosos por servir a un converso rico y sin amistades influyentes.

—No dejes de acusarme si has de salvar la cabeza, amigo mío.

Sancho, terminó de ensillar el caballo y ayudó a su señor a subir. Se miraron y ese silencio, lo dijo todo. Le entregó una bolsa de buenas monedas de oro que bien administradas le permitirían vivir toda la vida.

Los primeros rayos de oriente comenzaron a calentarle la cara. Llevaba casi 3 horas de camino, siguiendo la ribera del río Carrión, cabeza con cabeza, con los huesos ateridos por el frío y la humedad. Decidió comer un poco. Sin detenerse, devoró un pedazo de pan y pegó un buen trago del pellejo. Sancho lo había llenado del mejor caldo que poseía. Lo habían comprado por primera vez hacía diez años en Balbuena de Duero y desde entonces, cada mes de septiembre se hacía con dos barriles. Era el único capricho que gustaba permitirse.

—¡Qué lástima, no poder volver a sentarme con Sancho para brindar por la nada!

Dejando a la derecha el Monasterio de San Zoilo, trotando junto a la calzada que los romanos dejaron olvidada, entró en Carrión de los Condes. La villa más próspera de la comarca, bullía de agitación. Era día de mercado y feria, y a pesar de que el Sol todavía estaba entre las sábanas, comerciantes, mujeres, curiosos, pillos y rufianes ya tomaban posiciones y no por ese orden. No era el mejor día para pasar inadvertido, pero daba igual.

Tras la Iglesia de San Andrés, se levantaban no menos de cien tiendas y sus dueños, colocaban y empezaban a gritar las bondades del género. Atravesó el mercado, donde los mejores productos de Castilla podían encontrarse. La mejor lana del mundo, que por alguna razón inexplicable se exportaba en su mayoría a Flandes e Inglaterra para luego comprarla más cara, cuero, chorizos, morcillas, miel, dulces almendrados, vinos de toda la tierra de campos.

Pero no podía entretenerse. Su tormento y muerte estaban próximos. No había solución posible, pero antes intentaría reconciliarse con Yahvé. Y con Dios. Su conciencia le permitía vivir siendo un converso, pero no soportaría que quienes deseaban exterminar al prójimo por creerse en posesión de la verdad, lo consiguieran por su culpa algún día. Desde el momento en que decidió no dejar en la mesa aquellos dos informes de la catedral, su vida no valía nada.

—Hasta el amanecer no se darán cuenta. Tal vez pueda llegar con vida al mediodía—pensó esperanzado al salir de la catedral.

Al final del mercado, llegó a su destino. La iglesia de Santa María del Camino. Como siempre, decidió esperar brevemente antes de entrar. Esta era una de las razones por la que podía sobrellevar su conversión.

—La religión que levanta esta maravilla no puede ser tan terrible como decían mis abuelos—decía para sí.

Desde niño había acompañado a su padre a las ferias, un buen lugar para ganar clientes y hacer la competencia a los barberos y en Carrión, donde la clientela era más pudiente, siempre se sintió fascinado por aquella vieja iglesia. Sus anchos muros, su torre y sus tres naves, la bellísima imagen de la Virgen del Camino. Todo. Pero lo que siempre le atrajo fue su olor. Olor a humedad, a piedra vieja, a incienso, a viejas historias de peregrinos que conseguían despertar su imaginación. Por eso, tras bautizarse, cuando sus amigos le recomendaron que, como gesto de nueva fe, hiciera una significativa donación a la Iglesia, supo sin ninguna duda a donde iría ese dinero.

Rápidamente, avanzó por la nave central hasta el altar mayor y una vez allí, tomó el cáliz por el pie. Al encargarlo, había pedido al orfebre que el tallo y el pie fueran huecos. Esto casi le costó tanto como el oro y las esmeraldas de los que estaba hecho. La mitad por el trabajo y la otra mitad para que mantuviera la boca cerrada. Cuando finalizó, envió el cáliz a un orfebre converso, amigo de su padre, que lo cerró por su parte inferior, con un sutil mecanismo que mediante dos ruedas dentadas, ocultas tras una pequeña lengüeta, permitía abrir y cerrar el tallo, todo para ocultar dos pequeñas estrellas, inequívocamente judías, que su madre le regalo al morir y de las que no estaba dispuesto a desprenderse por mucho bautismo o comunión que valga.

Descubrió la tapa y, por si quedaba alguna duda, firmó su sentencia de muerte. Sacó de la copa la lista de todos los judíos conversos de Palencia que seguían practicando su antiguo credo con los que, en las fechas acordadas, se reunía. La destruiría en breve. Introdujo los pliegos robados y accionó las dos ruletas dejándolas en posición de cerrado. Ya nadie volvería a abrirla.

En ese momento, escuchó el revuelo en el mercado. Venían por él. No le importaba. Quemó la lista de conversos y procuró que las cenizas fueran visibles. Creía haber salvado la vida del pueblo judío. De momento, nadie sabría qué ocultaban las mujeres que sobrevivieron. De momento.

4

Algún lugar sobre el Atlántico, 2006

Las nubes dibujaban un perfecto colchón de algodón bajo el jet privado contratado para la ocasión. Henry Cooley contemplaba el lecho blanco con tristeza. Sabía que era la última vez que volaría. A su edad, los médicos le recomendaron hacía ya seis años que no volara. La presión, los trombos, el cansancio y los años. Un vuelo privado los había llevado a Acapulco y una vez allí, habían contratado un avión para cruzar a Europa. De esa manera ganarían un par de días sobre todas las agencias gubernamentales y principalmente sobre las que no pertenecían a ningún gobierno. Al menos no al suyo.

A esas horas en las que Europa se despertaba, Oriente bullía y América todavía dormía, sería el hombre más buscado del mundo, extraoficialmente. Se sentía culpable por la cantidad de despidos procedentes e improcedentes que su huida iba a provocar en la mitad de los servicios de inteligencia del mundo.

Las cosas comenzaron a cambiar y mucho, en el año noventa y dos. Aquellas discretas vigilancias de los sesenta y setenta, que terminaron cuando todos los demás ciudadanos de América fueron declarados más pobres que él, habían vuelto. Durante los primeros meses de aquel año, tuvo que despedir a unos cuantos empleados que hablaban frecuentemente con los chicos del traje oscuro, como los llamaba su querida secretaria. Incluso llegaron a infiltrar a más de un agente, aunque no conseguían nada. Un dato por aquí, una comunicación suelta por allá, pero su elaboradísimo método de ocultación funcionaba. En la era de Internet, los satélites y la electrónica, nada como ser el único al tanto de la información para evitar filtraciones. Estarían ciegos mientras no supieran el origen de los datos. Y eso sólo lo conocían él y su vieja libreta de cuadritos.

El momento más desagradable se produjo al final del mandato Clinton. El Presidente, en otro de sus muchos calentones, decidió que qué mejor que despejar el panorama legal con el hombre más rico del país. Una mancha con otra mancha se quita, debió pensar, así que Cooley, que no era precisamente un fan de la causa demócrata, fue elegido para salir en la primera plana. Se le detuvo educadamente y se registró la sede de la Cooley Corporation de arriba abajo. Cuando informaron al Presidente de que nada punible se había encontrado, casi sufre un infarto. La NSA estaba segura de que la clave estaba en los espectaculares laboratorios del sótano. Pero no encontraron nada. Datos y más datos.

—Interesantísimas investigaciones científicas—corroboraron algunas de las mentes científico—demócratas del país.

Pero nada más.

—Lo único extraño es que esto no esté publicado—decían otros.

El Presidente decidió que al menos debía airearse su pasado como espía al servicio de Hitler.

—Algo es algo—pensó.

Pero hasta ahí aguantó Henry. Pidió hablar con el Fiscal General. Secretos importantes para el país, informó previamente su jefe de comunicación.

—Querido Joe, nos conocemos desde hace muchos años. Yo ya soy un viejo carcamal, rico pero un viejo carcamal. Eso de lo que tu jefe quiere hablar pasó hace muchísimos años. Como tantas otras cosas. Pero lo mejor de todo es que vosotros lo sabíais. Tengo grabaciones de todos y cada uno de los agentes que me han seguido durante estos cuarenta años, Joe. De todos. Llegué aquí sin nada, y he generado más riqueza para esta nación de la que se puede imaginar. Yo también conozco mucha gente, gente que conoce trapos sucios de muchos otros, incluyendo la mayoría de los que se reúnen en el despacho oval, cuando Bill no está ocupado. Queréis que la gente se entere de que dejasteis que un peligroso nazi, así me han llamado en la CNN esta mañana, Joe— puntualizó—¿de qué un peligroso espía alemán se instaló aquí y le dejasteis hacerlo por el simple hecho de ser un cerebrito en ciencias, Joe? Así hablan los jóvenes ahora, verdad, je, je. ¿Cómo decía el informe del FBI? Sí, ya me acuerdo. "Sus conocimientos de genética y sus contactos continuos con el Instituto De Higiene Racial pueden sernos de utilidad en un futuro". Este Hoover tenía estas cosas, siempre pensaba en el futuro. ¿Qué pensarán vuestros amigos judíos de Washington? ¿Y en Tel-Aviv? Sí, Joe, tengo copias de ese informe preparadas para que hasta el periódico de la escuela más pequeña de Alaska lo publique. Por no hablar de las cientos y cientos de fotos bastante escabrosas y desagradables de muchos de vosotros. Sí, Joe. No se es el hombre más rico de América sin tener las espaldas bien cubiertas.

Aterrizaron. Las magníficas montañas alpinas, cubiertas por las primeras nieves del año, vigilaban el aeropuerto, y lanzaban, impetuosas, ruidosas ráfagas de viento que recordaban la propiedad de aquellas tierras.

El director del Swiss Cantonal Bank, esperaba a su mejor cliente al pie de la escalerilla.

5

Carrión de los Condes, 1520

El camino hacia Carrión fue más cansado de lo que esperaba. La noche anterior que despertó despejada, se había convertido en un mar de nubes que ocultó la segunda luna llena de la primavera. Los campos brillaban esa mañana agradeciendo el agua, y sus padres tendrían, por fin, una cosecha aceptable después de dos años horribles. Ahorrarían mucho dinero, ya que no tendrían que comprar el alimento del ganado para el invierno lo que les dejaría algo para arreglar el pajar, la cocina y el armario de la panera. Pero para Santiago Baldero, la lluvia de la noche anterior sólo significaba una cosa. Llegaría tarde, embarrado y sucio.

Miró por última vez hacia atrás y todavía creyó distinguir la silueta de su madre, apoyada en un árbol, llorando. Lo había besado una y mil veces, empapada en lágrimas y pidiendo que no marchara.

—Este año las cosechas serán buenas, hijo mío. Necesitamos tus brazos y luego habrá dinero para que te compres unas buenas botas. Serás la envidia de todas las mozas del pueblo. Quédate con nosotros, tus hermanos te echarán de menos.

Su madre sabía que no había marcha atrás, pero estas palabras la consolaban ante el hecho de perder a su primogénito. En la mente de Santiago, sin embargo, había otras ideas. Sus días, tardes y noches sentado bajo un chopo, rodeado de ovejas, mientras el tiempo no se detenía nunca, lo habían trasladado a todos los lugares hollados por el hombre. Se imaginaba como caballero vencedor en mil batallas, derrotando al moro o al francés, cubierto de oro y títulos descubriendo nuevas tierras para su Majestad en las Indias, en las tierras donde sus habitantes echaban humo por la nariz, como bien le había contado su amigo Braulio, a quien se lo había contado un comerciante andaluz, informado puntualmente por un primo del mismísimo Colón.

Pueblo a pueblo se habían solicitado jóvenes valientes dispuestos a defender al Emperador en las bellas tierras italianas y no se lo pensó dos veces. No quería pasar el resto de sus días viviendo pendiente del cielo, del ganado y de las botas nuevas que le convertirían en el más deseado de La Serna.

—Quizás en otro mundo, en el que sólo hubiera ciudades, la gente sería feliz aquí—pensaba.

Quería ver mundo, otros lugares, otros olores. Quería ver un extranjero, aunque fuera francés y preguntarle cómo eran las cosas en su pueblo, qué comían, qué celebraban, a qué hora se acostaban.

—Hijo, probablemente no volvamos a vernos y seguramente te maten en alguna guerra de este nuestro Rey extranjero o en alguna absurda discusión de taberna. Sé que no quieres volver por aquí si no es cubierto de oro y ojalá lo consigas. Sólo soy un campesino, pero recuerda dos cosas, la mayor de las riquezas te la dará la experiencia y lo más importante, nadie cuidará de tu pellejo mejor que tú. Es hora de sacar las ovejas, rezaremos todos los días por ti—besó a su hijo y marchó.

En Carrión, la nueva y joven soldadesca se arremolinaba en torno a la Iglesia de Belén. Allí el Marqués de Campos, vestido a la moda flamenca, nada apropiada para aquellos lances, se dirigió brevemente a ellos.

—Serviremos con honor y lealtad a Dios y a nuestro Rey, brazo de Nuestro Señor. Abrid los ojos, aprended el oficio y no dejéis que os maten.

Luego, se ofició una misa en la cercana Iglesia de Santa María, a la que asistieron todos los jóvenes soldados, los oficiales y las autoridades de la ciudad. Los viejos prefirieron otros placeres más terrenales, lo que alegró sobremanera a todos los taberneros de la ciudad cansados de tanto rezo y procesión de santos que no dejaban más que agujeros en su zurrón.

Tras la misa, el sacerdote informó de que su ayudante, un joven cura al que llamaban don Miguel Penas, les acompañaría en esta campaña para salvaguarda y cuidado de almas y conciencias, haciéndole entrega de una cruz de plata, un rosario y un cáliz de oro, con los que oficiaría, para que en cualquier lugar un valiente soldado entregue su alma a Dios en calma.

Al terminar la ceremonia, todos se reunieron junto a la pared norte de la Iglesia, en un pequeño prado. Santiago, fue asignado a un viejo soldado gallego, de Muxía, poco hablador, malhumorado, con tristes ojos grises pero mirada de lince, Antón Fraga, muy respetado por sus colegas del degüello y el hambre.

—Olvida las reverencias chico. Probablemente seas más rico que yo—le espetó—. Tres cosas: no esperes comer mucho, no esperes cobrar nunca y no esperes a sacar la espada.

Efectivamente, aprendió la primera lección rápidamente. Comieron poco aunque caliente al menos, sopas de pan y caldereta de cordero. Aunque él no vio al animal por ningún lado y debió conformarse con olerlo.

—Salimos mañana hacia Valencia. Esta es toda la instrucción que vas a recibir, al menos por mí parte. No me gusta que nadie vaya a mí lado sin un acero que echarse a la mano en caso de duda—dijo Antón mientras le entregaba una de sus dos viejas espadas y una, más vieja aún, vizcaína—. Hasta que ganes o robes lo suficiente para tener una, puedes quedártela pero debes devolvérmela. Practica, y observa. Aprende de tus mayores y no enfermes, nadie cuidará de ti nunca.

6

Madrid, 2006

—Mierda.

No era para menos. Eran solamente las doce del mediodía de un miércoles cualquiera y alguien decidía que lo mejor que podía hacer era llamar a su puerta.

—El puto cartero otra vez—pensó.

Giró sobre sí mismo, colocó su brazo derecho bajo su oreja y se tapó la otra con la almohada. Pero el impertinente timbre sonaba insistente. Una, dos, tres veces. Decidió levantarse e intercambiar un par de puntos de vista con el mal nacido de la puerta. Intentó ponerse en pie de una vez, pero su cuerpo le recordó que el equilibrio y la resaca son malos compañeros. El timbre de nuevo.

—¡Va, va! Espere un momento.

Segundo intento. Esta vez fue el bueno.

—¡Vamos a ver, quién cojones es y porque hostias me tiene que despertar! ¿Y quién coño le ha abierto la puerta del portal?—saludó mientras abría la puerta.

El mensajero, sorprendido por tan amable recibimiento y para contrarrestar las ganas de mandar su estupendo empleo y a su simpático interlocutor a freír espárragos, intentó poner la mejor de sus sonrisas tal y como le habían dicho en el curso de formación. Sonreíd siempre chicos, nos debemos a los clientes y el trabajo lo merece. Seiscientos euros, horas extras incluidas por supuesto.

—¿Jaime Núñez?

—¿Me han puesto una multa? No tengo coche.

—No soy un cartero, señor. Traigo un paquete para Jaime Núñez. ¿Es usted?

—¿Usted que cree?

—No lo sé, ¿es usted? Yo también se tocar los huevos—pensó.

Jaime reflexionó profundamente sobre el gran dilema. Si le partía los dientes al repartidor y ponía una queja en sus oficinas o si solamente recurría al insulto personal.

—Sí, soy yo. Démelo—concluyó resignado a no empezar la mañana con mal pie.

—Gracias, señor. Que tenga un buen día.

Jaime miró el sobre, de tamaño folio, marrón. Lo dio la vuelta y no encontró remitente. Miró el albarán de entrega. Recogido en un apartado de correos en Estados Unidos.

—Cojonudo, no tengo tiempo para acertijos.

El mensajero le había desvelado, así que se dirigió directamente a la ducha, abrió el grifo del agua fría, y después de dos gritos y un par de suspiros, su cuerpo se acostumbró. Desayunó un vaso de leche fresca, lo único fresco que entraba en su casa desde que al volver de Estados Unidos decidió seguir la dieta de Nicolás Cage en Leaving Las Vegas.

Como un día normal, comenzó con su rutina de los últimos meses. Le quedaban quince días de no hacer nada para cumplir el plazo que él mismo se había dado y volver a buscar trabajo en el variado mercado científico—laboral español, y pretendía seguir con su ritmo de vida, sin embargo esa tarde tenía que pasarse por el banco así que se quedaría sin lo que él llamaba, la cura de La Dos. O sea, documental y siesta.

Vaqueros azules, camiseta, jersey de lana y su único capricho textil en los últimos diez años, unas botas con piel de cocodrilo que compró en un congreso en Sydney al módico precio de 600 dólares. Cargados a la empresa con total tranquilidad. Como corresponde. Cogió su mochila y salió.

Subió por la calle Alcalá, por las mismas aceras que cuando era niño, deteniéndose en los mismos escaparates que, aunque cambiaban con el tiempo de negocio, siempre le parecían iguales. Recordaba como su madre lo acompañaba al colegio, a través del parque donde, entre alguna jeringuilla que otra aprendió, muy pronto, que había algunos a los que la vida les golpeaba entre las cejas desde jóvenes y que no hacían falta más que diez duros de papel albal para que el sol no se iluminara nunca más en sus sueños. Aquellos paseos con su madre le recordaban la época más feliz de su vida. Luego, inmediatamente después, la memoria siempre le traía desgracias. Cuando sus padres y su abuela murieron, los paseos dejaron de ser lo mismo. Tenía dieciséis años y se quedaba sólo en el mundo porque un hijo de la gran puta decidió estampar sus frustraciones contra el coche de su padre. Aún recordaba el tiempo que pasó en el patio del colegio, aquella tarde, esperando a sus padres. Primero, alegre, pensando que se habían retrasado, pudo jugar un buen rato al baloncesto y luego contar sus hazañas a las chicas del colegio vecino. Luego, cuando no llegaban y decidió irse a casa, empezó a preocuparse. Nunca llevaba llaves, así que le tocó esperar en casa de Carmen, su vecina de abajo. La pobre mujer, viuda y con tres niños, no pudo disimular las lágrimas tras colgar el teléfono. Había llamado al 092 preocupada, y no la quedó más remedio que coger a

Jaime de la mano y montarse en el coche de los municipales que les esperaba en el portal.

Gracias a sus buenas notas, consiguió que el colegio intercediera por él y se convirtieran en sus tutores legales durante los dos años que le quedaban hasta ser mayor de edad. Siguió viviendo solo en su casa y las noches se le hicieron horribles. Así es como se convirtió en una lumbrera en ciencias. Dedicaba las noches a leer todo lo que encontraba, primero en la biblioteca del colegio y luego en la municipal, relacionado con la biología hasta que se quedaba dormido. Una manía como otra cualquiera.

Sacó la mejor nota en selectividad y decidió estudiar farmacia. Le gustaba la medicina, la biología y la química, así que farmacia. Por mucho que detestara a ese gremio de acomodados beneficiados de un monopolio estatal, le pareció la carrera más interesante de todas, donde obtendría una visión global de la ciencia, sobre todo cuando tenía clarísimo que seguiría en la universidad hasta que le dejaran, doctorándose todas las veces necesarias, como le gustaba decir.

—La Universidad, la casa del conocimiento—dijo el decano el primer día de clase.

—No será la española—aprendió a contestar durante esos cinco años.

Se licenció fallando sólo una Matrícula de Honor. En inmunología, donde el catedrático se sintió ofendido por un par de preguntas que lo dejaron en evidencia. Consiguió el premio fin de carrera y la mayoría de los departamentos le sugirieron que lo recibirían con los brazos abiertos. Finalmente optó por un joven grupo, dentro del departamento de farmacología, dirigidos por un extraordinario catedrático, sensacional investigador y, sin embargo, buena persona, el doctor Enrique Huesca. Innovador en un país de ciencia mediocre, creó un grupo de locos por la informática y los tubos de ensayo a partes iguales. El primer grupo de bioinformáticos de España. Su objetivo: aplicar los baíts, como Huesca los llamaba, al estudio de lo que se empezaba a llamar genoma y proteoma. Un primer equipo desarrollaba herramientas de análisis informático y el segundo buscaba y rebuscaba con ellas en el trabajo de los últimos cuarenta años de investigación científica.

Núñez destacó desde el principio en un equipo lleno de talento e imaginación. Los medios, como en cualquier institución pública española que se precie, los mínimos con un poco de suerte.

—Chicos, haberos dedicado a intentar vivir en la Moncloa—les decía Huesca.

La idea funcionó y desde el principio se generaron una gran cantidad de publicaciones interesantes, en un campo en el que navegaban muy pocos científicos en el mundo. Además, estas crecían exponencialmente, al evolucionar de un día para otro la tecnología informática. Núñez se centró en buscar secuencias repetidas en el genoma. Las había, millones de ellas, conocidas desde hacía muchos años, en su mayoría despreciadas como ADN basura. Simples iniciadores o señales para otros genes. Jaime, con cierto romanticismo, se negaba a creer que todo aquello no tenía una función más importante. A Huesca, no le importaba que sus pupilos perdieran el tiempo en contradecir al resto de la comunidad científica, es más, le entusiasmaba. Estaba seguro de que en alguna casualidad encontrarían oro. Y lo encontraron.

El subgrupo de Núñez, formado por él mismo y un técnico de laboratorio, Churruca, la universidad española tiene esas cosas, encontraron que ciertas secuencias que se creían iniciadores de replicación, no siempre actuaban como tal, encontrado que su secuencia también aparecía en determinadas proteínas. Así que plantearon la hipótesis de que estas bases codificaran para algo que no sólo fueran guías o que tuvieran las dos funciones, contradiciendo con esta última suposición a toda la ciencia del momento. No sólo este hecho causó sensación e indignación a partes iguales, sino mucho más el método utilizado para la reconstrucción por ordenador de esas proteínas.

Resultado: portada de Nature. Un pequeño departamento español, portada de Nature en el campo de la biología molecular. Y lo más sobrenatural del hecho, el doctor Huesca, no fue como primero en la lista de autores, sino el último. Primero, Núñez, segundo, Jesús Gelmírez, el diseñador de las herramientas de hilado informático con las que reprodujeron la supuesta estructura de las proteínas codificadas por esas secuencias, y después todos los demás, incluso el técnico de laboratorio que ayudaba a Jaime, publicó. Además, Jaime y el técnico no eran doctores, lo que indignó a la apoltronada Universidad patria. Las publicaciones continuaron y Núñez se doctoró en su momento, Magna Cum Laude con una tesis que sólo aquellos que estuvieran al tanto de todo lo publicado en los últimos dos años podrían entender. Es decir, ningún miembro del tribunal de la tesis. Entre ellos, su querido profesor de inmunología que no tuvo más remedio que tragarse su orgullo y aceptar los hechos como sus cuatro compañeros. Nunca llegarían al nivel de aquel doctorando por mucho que lo intentaran.

7

Pavía, 1525

La victoria se recordaría durante siglos y la humillación sufrida por el Rey de Francia en el campo de batalla no sería nada comparada con la que sus reales espaldas soportaban en estos momentos en alguna de las tiendas españolas. Las tropas imperiales acababan de dejar quince mil viudas. Nadie hubiera dado ni un duro por los dos mil soldados españoles y cinco mil alemanes sitiados en la ciudad una semana antes, mucho menos cuando todos sabían, el enemigo incluido, que los mercenarios alemanes estaban a un padrenuestro de tomar las de Colonia si no se les pagaba en ese mismo instante. Los mandos españoles, para no perder la costumbre, tuvieron que empeñar sus fortunas, pequeñas las más, medianas las menos, para contentarles y los soldados españoles decidieron quedarse sin cobrar en ayuda de sus oficiales para no variar. La misma historia de siempre. Pero resistieron y aguantaron hasta que los refuerzos del virrey de Nápoles, del Marqués de Pescara y nuevas tropas alemanas llegaron. Santiago, recordaba con orgullo cuando salieron de los muros de la ciudad, arengados por el general Leyva, y los franceses retrocedieron. Siete a dos, y aún así retrocedían; su caballería, envuelta en su propio fuego, se estrellaba una y otra vez en las picas españolas sin remedio. Se dijo que, después de aquello, el Emperador Carlos por fin se dio cuenta de en cuál de sus dominios residía su poder e incluso habló español tras la victoria. Y como traca final, la gloria.

Sus compadres Pita, Dávila, el vasco Urbieta y el padre Miguel, buen amigo de todos y que repartía extremaunciones a diestro y francés siempre acompañado de su cruz, su rosario y su cáliz, procedían con los últimos degüellos y el decomiso de alguna bolsa que otra, cuando Santiago ordenó a Urbieta que estuviera quieto. Las ropas que vestían a aquel hombre herido, asustado, mentón prominente y extraordinaria nariz, que miraba el acero con orgullo desafiante, no eran las de un soldado cualquiera. Ni siquiera un general italiano vestiría así. Habían capturado a Francisco I.

Tras la rendición sin condiciones y de vuelta a las tiendas que se estaban levantando de nuevo alrededor de la ciudad, todo fueron halagos, aplausos y parabienes. A Santiago sólo le faltaba una cosa, su amigo Antón. Su compañero durante los últimos cuatro años y también su maestro, en el viejo arte ibérico de degollar moros, franceses y, cuando el aburrimiento apretaba, al resto de españoles. Lo mataron por la espalda, al poco de salir de las murallas, cuando iba a rematar a un chiquillo francés que acababa de clavarle un cuchillo en el pie. Fue entonces cuando, un jinete francés recién derribado de su caballo con una pica en las costillas, le atravesó la espalda y el corazón. Santiago, sólo pudo llamar a Miguel para que procediera como era de recibo.

El de Muxía no había hablado mucho en estos años, pero le había enseñado todo en pocas y certeras palabras. Santiago, tampoco era, como buen palentino, de muchas palabras, así que desde el principio se entendieron a la perfección con la mirada y, sobre todo, con el silencio. Se mostró desde el principio como un alumno aventajado con la espada y no tardó en ser rápido en cualquier trifulca, bronca o gresca en la que los angelitos españoles, siempre provocados, por supuesto, se veían envueltos.

—Practica todas las tardes y cuando lleguemos a Italia, sabrás proteger ese gaznate paliducho.

Ahora, en sus brazos, tras recibir al Páter, Antón le apretaba la mano y el cuello.

—Esta es mi bolsa, Santiago. Sabes que hay suficiente para una vida mejor que la que teníamos. Júrame que se la darás a mí hijo y a su madre. Respondes con tu vida de ello, cabrón—pidió mientras la sangre le tapaba la boca.

Fue su última sonrisa.

Tras la cena, que por primera vez en sus años de milicia, fue suculenta y, sorpresa, abundante, su capitán llamó a los cinco para que lo acompañaran colina arriba, hasta la tienda principal.

—Aquí hay gente de lustre, así que cuanto menos habléis mejor. Todo muy bueno, muy rico y muy abundante. ¿Queda claro?

Una gran mesa de roble, ocupaba la casi totalidad de la tienda, presidida por una silla que ya se encontraba vacía. Las otras cinco ocupadas por Don Antonio de Leyva, Carlos de Lannoy, virrey de Nápoles, el Marqués de Pescara, Jorge de Frundsberg y el condestable de Borbón, habían dado cuenta de faisanes, cerdo y corderos asados, codornices, pastel de jabalí y pichones en escabeche. Todo acompañado del mejor vino borgoñón, por aquello de la presencia Emperador, excepto para él mismo, que prefería la estupenda cerveza de los dominios de su abuela paterna.

—No ha estado nada mal, muchachos. Nada mal. El Emperador mismo está entusiasmado con la victoria. A estas horas, todo París sabe que su Rey está entre nosotros. Tratado como se merece, dicho sea. Se encuentra muy orgulloso de gentes como vosotros —prosiguió Leyva—. Aquí tenéis unas monedas, regalo personal de vuestro señor. Os pide humildemente que las aceptéis. Recibiréis más, no os preocupéis—se apresuró a aclarar tras algunas miradas furtivas entre Penas y Alonso Pita—. De momento seréis nombrados capitanes mañana mismo, si os parece bien, excepto su paternidad, lógicamente. El Emperador os concederá con agrado lo que solicitéis, siempre que esté en su mano.

Santiago decidió hablar, consiguiendo que su capitán le atravesara con la mirada.

—Su excelencia, me siento muy agradecido con las mercedes que se me ofrecen sin merecerlo. Y no dudo en aceptarlas, pero me gustaría antes de ello, poder volver a España temporalmente y cumplir lo antes posible con ciertos compromisos adquiridos con algunos compañeros. Mi honor y palabra van en ello. En cuanto queden cerrados, me gustaría incorporarme a este o cualquier otro tercio que su excelencia estime conveniente.

—Así sea—Leyva asintió y se dirigió a los otros tres soldados.

—Creo que nosotros preferimos quedar por aquí—respondió Urbieta mientras se tocaba la bolsa debajo de la capa.

Los demás asintieron, excepto el padre Miguel.

—Excelencia, si tuviera a bien interceder por mí ante mí superior, creo que puedo ser de mucha utilidad a Baldero en su viaje.

—Está bien, no veo inconveniente alguno. Podéis partir cuando lo deseéis. Capitán Baldero, regresad a Nápoles en cuanto os sea posible y presentaros ante mí.

Y le estrechó la mano mirándole a los ojos, algo que a Santiago no le hizo ninguna gracia, ya que tendría que devolver el favor con creces en algún momento. Así funcionaban las cosas en el mayor Imperio que vieron los hombres.

8

El Escorial, 2006

—¿Y dices que todo esto fue tierra del Islam?

—Así es, amigo mío.

—¿Ochocientos años? ¿Tanto?

Kareem rio.

—Bueno, no exactamente tantos. De hecho de los primeros doscientos kilómetros, desde el Aeropuerto de Asturias concretamente, los primeros cincuenta no vieron nunca la verdad de Mahoma. Los otros ciento cincuenta, ni siquiera ochenta años. Hasta el centro de la península, donde nos encontramos ahora, unos trescientos. Sin embargo, sí que se puede ver cierta influencia árabe en algunas iglesias cristianas de Castilla. Castilla es todo lo que hemos atravesado hasta llegar a Madrid.

—¿Y por qué abandonaron la fe?

—Bueno, ellos ya tenían su propia religión antes de que el Corán se leyera aquí por primera vez. Fueron seiscientos años de cristianismo previo sintiéndose un pueblo unido por sus creencias. Eso no lo logró el Islam. Nunca se sintieron musulmanes.

—Ah—contestó con total desinterés Abdul.

—¿Ni siquiera os cuentan un poco de historia de donde vais a trabajar?

—Cumplo órdenes muy claras que generalmente no van acompañadas de sutilezas históricas. Mi generación es diferente a la vuestra, Kareem.

Y tanto. Kareem Abdula era un agente a la antigua usanza. Terminó sus estudios de Historia en Damasco y fue reclutado por el servicio secreto. Al poco tiempo, sin embargo, y dado el poco interés que demostró por la acción, fue enviado a España. Completó sus estudios con un doctorado en historia medieval y abrió una tienda de antigüedades con pasaporte diplomático. Acudía a fiestas, conferencias y reuniones donde intercambiaba impresiones con políticos, periodistas y militares. Luego, mensualmente enviaba su informe a Damasco. Nada más. Conoció a una española, se casó con ella, tuvieron dos hijos y luego ella murió de cáncer. Los dos chicos vivían con sus abuelos en Barcelona y él se dedicaba a vender libros y de vez en cuando a hacer de cicerone para algún agente de campo en alguna operación cuyos detalles prefería no conocer.

Esta vez, había ido a buscar a Abdul a Asturias, donde llegó en un vuelo barato desde Londres. El agente por un sitio y el equipaje, facturado en otro aeropuerto a nombre de un pasajero cristiano, por otro. Lo recogerían en Barajas y se enviaría discretamente al hotel.

—Ya hemos llegado. Esto es El Escorial. Fue construido por un rey español, Felipe II, el más poderoso de su tiempo, como puedes comprobar es extraordinario. Discreto pero abrumador, sobrio pero….

—No me interesa, Abdula. Es cristiano. El profeta debería guiarte hacía la verdad, no admirar esta basura. Dime, ¿dónde nos encontraremos con يتوق (Anhelo)?

—En esa cafetería—contestó resignado—. Ahí está.

A la una de la tarde, el bar bullía. Cañas, tapas y raciones recorrían la barra. Zapatillas de deporte, cazadora vaquera, jersey de lana de cuello alto, gafas de sol y gorra de béisbol. De espaldas a la ventana, sus interlocutores casi no podían distinguir su cara.

—Hola يتوق. ¿No deseas que te reconozcamos, a estas alturas de la película?

—Nos conocemos hace mucho, Abdul. No creo que necesites ver mi cara. Pero no me apetece que el resto de servicios secretos que puedan estar por aquí me reconozcan. Llevan siguiéndome desde ayer.

—Creo que exageras, llevamos bastante ventaja a todos los demás.

—No los he visto por aquí, pero no creo que tarden en encontrarme. Os dije que me pondría en contacto con vosotros. ¿Qué coño quieres ahora? Todo va según lo previsto.

—Síguelo y elimínalo. Pero antes, recupera toda la información. Quizás nos sea de utilidad en un futuro muy próximo. Estamos muy cerca de saber lo mismo que el viejo.

Anhelo, asintió y se levantó. Si por algo se distinguía, era por sus pocas ganas de discutir. Cumplía las órdenes o las interpretaba pero desde luego no iba a enmendar la plana a un cejijunto agente sin cerebro. No le gustaba tener que matar a nadie, pero tampoco sería la primera vez.

Terminó su zumo de un trago, salió del bar y se dirigió caminando a la estación de tren, justo al otro lado del pueblo. De nuevo se dio cuenta de que alguien iba detrás. O delante. Un Volkswagen Golf, negro, seguía sus pasos. No parecían americanos, eso seguro. Israelíes tal vez, o simplemente alguien dando un paseo sin ningún interés en participar en intrigas internacionales.

En la estación, pagando el billete, pudo ver a una madre con dos niños pequeños. Ellos gritaban, corrían, tiraban sus cosas al suelo. Sin embargo, ella, sólo se reía y recogía con cariño todo lo que ellos estropeaban. Cuanto más revoltosos, más amor había en la mirada de su madre. Por segunda vez en su vida, sintió remordimientos por lo que, todavía no sabía si sería capaz de hacer.

9

Bamburgh, 1588

El palo mayor del Nuestra Señora del Rosario se alejaba cubierto de espuma, zarandeado y maltratado como un niño en brazos de un gigante. Lo que no habían sido capaces de conseguir los barcos, al mando de ese hijo de mil padres de Francis Drake, lo acabarían consiguiendo las malditas tormentas del Mar del Norte.

Aunque más de secano que el trigo, era consciente de que no le quedaban muchas más opciones aparte de agarrarse fuerte a la tapa de un tonel de galleta, que la providencia le había hecho llegar. Y rezar. Su compadre Antón Fraga, de Muxía, Costa de la Muerte, gallego, español y con dos cojones más grandes que tres de los navíos de su Graciosa y Virgen Majestad, le dijo unas dos horas atrás, que no perdiera ojo a cualquiera de los toneles que había en el barco.

—Ésta es de las buenas Ducátez—le dijo—sólo quedarán viudas y huérfanos. Cuando toque saltar, procura tener a la vista algo que flote.

Así que cuando la penúltima ola partió el palo trinquete por la mitad, llevándose a cinco soldados como armarios, que vomitando como perros hasta la última papilla lloraban como niños de teta, procuró buscar algo a lo que subirse mientras Neptuno y los simpáticos ingleses decidían que hacer con él y el resto de supervivientes.

El viejo Padre Penas llevaba ya un buen rato repartiendo bendiciones, absoluciones y extremaunciones a barlovento y sotavento, sentado, apoyando la espalda en la puerta del camarote del capitán. Bajito, achaparrado, enjuto y medio jorobado, era demasiado mayor para estar allí e incluso demasiado mayor para estar vivo. Pero las promesas hay que cumplirlas y cuando su viejo compadre Fraga le pidió que cuidara de su hijo, lo tomó al pie de la letra, aunque ya estuviera muerto. Y cuando el nieto de su antiguo compañero decidió enrolarse en la Armada a la vuelta de un infructuoso viaje a las Indias, decidió acompañarle. Llevaba una cruz en su mano izquierda y un rosario dentro de un cáliz, en la derecha, que le habían acompañado en las misas y oraciones de los últimos sesenta y cinco años, desde que siendo un joven imberbe aquello del voto de obediencia le obligó a acompañar a los tercios que pelearon en la campaña de Italia, cuando al traicionero Francisco I se le puso entre ceja y ceja quedarse con el Milanesado a toda costa.

Un nuevo golpe de mar, sacudió el Nuestra Señora del Rosario. La espuma cubrió el barco y hubo un nuevo recuento de hombres: está vez el Mar había decidido que el cura cenara con Dios. Por dar una alegría a los dos.

—¡Ducátez!—gritó el gallego—coge la copa. No hay que dar el gusto a estos puercos británicos de hundirnos con Dios. Además, parece buen oro. Quizás nos libre de la cárcel. O de la muerte.

A la mañana siguiente, se sentía el hombre más afortunado del mundo. Empapado, aterido de frío, la boca llena de arena, la nariz llena de arena, en fin, el culo lleno de arena. Pero estaba vivo. Miró a su alrededor donde el sol comenzaba a acariciar las rocas. Era su primera vez en una playa, ni siquiera en La Coruña había podido pisar esa extraña arena, que cuando se mojaba, en vez de embarrarse, volvía al mar. Levantó la cabeza y pudo ver ese frío mar que llamaban del Norte, ahora en calma pero firme.

Estaba en calma. A la derecha el faro, sobre una pequeña isla, junto al continente. Se preguntó si el piloto conocía ese dato ya que tal vez hubiera maniobrado directo hacia la playa y quizás seguiría vivo.

A su alrededor, los supervivientes comenzaban a levantarse los unos y a expirar los otros, rodeados por los restos del naufragio, sobre los que, de momento y a la espera de la autoridad, ninguno de los aldeanos allí presentes se atrevía a abalanzarse. A cinco pasos tenía a su compadre Fraga. Se miraron, se vieron vivos y se dieron un abrazo.

—He perdido la cruz, amigo, mi cabeza depende de lo que tengas en tus bolsillos—rio Antón.

—Todavía tengo la copa y el Rosario—respondió mientras se aseguraba buscando la bolsa, que seguía bien amarrada a su cuello, tocándola y palpando el contenido con los dedos.

Tras Ducátez, la playa terminaba en una pared cubierta de más arena todavía, llena de dunas aplastadas como por pisadas del mismo Goliath y nidos de plantas parecidos a los juncos que crecían en la orilla del Záncara. Sobre ellos, se levantaba un imponente castillo. Cuatro almenas y tres torres dirigidas al mar, se encargaban de las labores de vigilancia. A su diestra, una gran muralla escondía las dependencias del conde, marqués, duque o quien tuviera la suerte de habitar aquel magnífico lugar.

Algunos soldados comenzaron a aparecer por encima de las dunas e inmediatamente después, cinco caballeros hicieron acto de presencia. Los soldados los miraban desconfiados, sin bajar las lanzas. No en vano, aún mojados, cansados y hambrientos eran parte de la mejor infantería que los tiempos vieron. Los derrotados, todas las naciones de Europa, siempre les presentaban como los demonios de la guerra, a los niños se les asustaba con su presencia y los reyes del continente buscaban aliarse hasta con los turcos para acabar con España. Por eso, no era de extrañar que aquellos jovenzuelos, armados, vestidos y desayunados tuvieran miedo de estos, no más de veinte harapientos españoles.

Fueron llevados a presencia de sir John Forster, señor de aquellos lares y Guardián de las Marcas Medias, título importantísimo por esos pagos pero que lo único que consiguió fue arrancar una risotada de aquellos presos hispanos. Éste les recibió en el patio de armas, mientras esperaban la llegada de un sacerdote que tradujera al latín la lengua de los ingleses.

El sacerdote, al que llamaban priest, pelirrojo, pálido y escuálido, les informó que aquel día la Gracia de Dios había caído sobre ellos y no serían ahorcados en ese preciso instante. Se les concedía el tiempo de dos padres nuestros para decidir si querían morir o unirse al ejército de la amadísima y virginal Reina Isabel, con el lustroso cargo de sirviente, o sea esclavo. Un paso al frente los que optaran por la horca. Los dieciocho supervivientes, no necesitaron dos oraciones y con lo que dura un avemaría tuvieron más que de sobra. Hubo alguno que se quiso hacer el remolón, pero la mirada fulminante de sus compañeros terminó por convencerle de que una muerte honrosa era mejor que pasar el resto de su vida sirviendo tocino hervido y cerveza caliente. Diecinueve pasos adelante. Sólo Fraga avanzó dos.

—Dígale al Sire, que puede ir contando las cuerdas, si no tiene nada mejor que hacer. El palenque lo montamos nosotros si quiere. Algunos trabajamos de carpinteros.

—You will be died for breakfast—. Sentenció Sir John, que no necesitó traducción alguna y quién seguía sin comprender el motivo de aquella rebeldía absurda, aunque el priest ya se lo había advertido nada más ser avistados en la playa.

—Vaya preparando su excelencia la ejecución—le informó inmediatamente después de que le pidiera que tratara de convencer a los prisioneros de que desertaran. Y es que no se tenía a Europa de rodillas con soldados que cambiaban de Reina a las primeras de cambio.

10

Madrid, 2006

Jaime entró en la bodega. El viejo mostrador de mica y hule era la única zona despejada del local. A su alrededor, cientos de cajas y botellas de vino se amontonaban a la espera de un más que improbable lugar para ser colocadas en el suelo o las estanterías. Al fondo, a la derecha como es lógico, un pequeño baño para cumplir con las ordenanzas municipales y a la izquierda una aún más pequeña cocina en la que Tarso, el dueño, mataba las horas muertas cocinando.

Era su segunda casa, lo había sido desde el colegio, cuando se escapaban en algún recreo a por un botellín. En aquella época todavía vivía el padre de Tarso, y era él el que se encargaba de despacharles rápidamente de vuelta a clase.

—Ya tendréis tiempo de venir por aquí, golfos. Ahora, al colegio— decía.

Y nunca les cobraba.

Allí estaban los de siempre. Los de siempre a esa hora claro. No todos sus amigos tenían su horario de veinticuatro horas libres. Al mediodía sólo se encontraban por allí Aguilera y el dueño. Alberto Aguilera, era uno de sus mejores amigos, o al menos lo había sido. Ahora, la persona inteligente, calculadora, simpática, entrañable y decidida, ya no era amiga de casi nadie, simplemente porque había dejado de comunicarse con el prójimo. Desde que su mujer lo abandonó por un chaval diez años más joven, le había dado por hablar en verso o directamente no hablar. Y no le pidieras más porque no lo hacía. Siempre había sido un poco excéntrico, no en vano le dio por estudiar filología hispánica e industriales a la vez, aprobadas con nota ambas, y al terminar montó su propio negocio de ingeniería. Las cosas no le iban nada mal económicamente aunque podía irle el doble de bien si la mitad de sus ingresos no fueran para su ex mujer. No pisaba nunca por la empresa y prefería quedarse en la bodega todo el día, mirando al suelo y contestando con desgana e interviniendo inoportunamente en las conversaciones del resto de clientes con melancólicas frases, tipo *o nacemos fracasados o se fracasa después.*

—Ha mejorado mucho desde tu vuelta, Jaime. Ahora ya levanta la vista del vaso—le dijo Tarso un día—. Los demás vienen sólo por la noche y muchas veces él ya se ha ido a casa. Intentan llamarle pero no tiene teléfono.

Tarso, el dueño de la bodega, era hijo del anterior Tarso, anterior propietario y nieto del primer Tarso, quien abrió el negocio allá por comienzos del siglo XX, cuando para llegar a esta parte de Madrid había que atravesar el campo y un par de riachuelos convertidos hoy en autopistas. Sin embargo, éste era el único de los tres que había estudiado y según decía, ese fue el motivo por el que también pasó una temporadita, de diez años concretamente, fuera, en Alemania, hasta que su padre murió y decidió dejar los negocios de los que nunca habló y seguir la estirpe familiar de servir vinos y tirar cañas. De aquellos años, nadie sabía nada, sólo que había vuelto con un chico de ojos azules y pelo rubio como el sol, que estudiaba durante todo el año en Inglaterra y que pasaba los veranos tirando cañas de Mahou tras la barra. Alguna novia extranjera, decían las lúcidas y avispadas mentes del barrio.

Fue una bendición para Jaime, encontrarlos allí a su vuelta de Estados Unidos. Había pasado bastante tiempo y aunque seguía manteniendo contacto con la mayoría pensaba que sería difícil encontrarles de nuevo a todos juntos. Pero se equivocó, y allí estaban todas las noches, como si no hubieran pasado los años.

Al terminar el doctorado, y con más publicaciones que la mayoría de los catedráticos de la Universidad, el Ministerio de Educación le ofreció nada más y nada menos que otra beca. Como a todos.

—No pretenderás que te valoren por tus méritos académicos—le repetía con sarcasmo Huesca.

Así que no tuvo más remedio que aceptarla y asumir que sus próximos años de vida los pasaría con un sueldo de mierda y haciendo la pelota a todos aquellos que pudieran influir en la próxima oposición. Sin embargo, cuando llevaba menos de un mes de post doc, Jaime recibió una llamada. Un tipo con acento inglés quería hablar con él sobre su futuro laboral. Sorprendido, dado que su futuro laboral pasaba por beca tras beca hasta que consiguiera una plaza de profesor, concertó una cita en la misma cafetería de la facultad.

—Trabajo para la Cooley Corporation, señor Núñez. Como sabrá somos una empresa bastante grande y queríamos saber si estaría dispuesto para nuestro grupo.

Aunque un poco desligado del mundo de los negocios, Jaime sabía lo suficiente. El dueño, era el hombre más rico del mundo, sobre cuyo pasado se especulaba constantemente, pero del que públicamente sólo se decía que era un viejecito simpático y un poco chocho que donaba cantidades ingentes de dinero a cientos de obras benéficas.

—Buscamos a alguien que se una a nuestro grupo de, podemos llamarlo, genómica. Tenemos una forma peculiar de trabajar, tendrá todos los medios a su disposición, pero las preguntas deberán ser las justas y necesarias. Se le asignará un grupo de trabajo y sólo pedimos resultados. No importa como lo logre.

—Sólo dos preguntas, bueno tres: dónde, cómo y quién será mi jefe. Y la cuarta, acabo de firmar una beca, si renuncio ahora tendré que devolver parte de lo cobrado...y no estoy sobrado de ingresos, la verdad.

—En Carolina del Norte, en un departamento especial dentro de Investigación y Desarrollo de Cooley Corporation, que depende directamente del señor Cooley y de su hijo. Dentro de cada uno existen diferentes subgrupos, con unas cincuenta personas asignadas. Le estamos ofreciendo ser director de uno de ellos. Cincuenta personas por debajo y es lo suficientemente inteligente para hacerse una idea de las que estarán por encima. En cuanto al dinero, usted decide cuanto quiere cobrar. Un cheque en blanco lo llaman aquí, creo. Puede buscar en Internet lo que cobraría alguien con su formación y su puesto en los Estados Unidos y añadirle lo que estime oportuno.

Sin poder articular mucho, contestó que sí, sin dudarlo. Otra gran gestión de eso que llaman algunos Estado español. Colegio público, Universidad Pública, doctorado público, todo subvencionado, casi gratuito, y ¿quién se iba a beneficiar ahora?, una empresa privada de otro país.

—Sí señor, eso es lo que se llama la gestión eficaz del talento y dinero patrio—pensó.

Pero ya se sabe, la ciencia no da votos.

—Un vinito, Tarso, que ya va siendo hora. ¿Qué tal Alberto? ¿Cómo te van los negocios?

—Pues pensando lo que la vida, pudo haber sido y no fue. Aunque claro, a algunos les va peor que a mí. ¿Has leído esto?

Jaime levantó la vista del vaso y echó un vistazo al titular del periódico. *Dos familias fallecen desangradas en el Mount Sinaí Hospital de Nueva York sin causa aparente. Al menos treinta personas fueron ingresadas con carácter de urgencia tras sufrir dolores intestinales mientras celebraban el cumpleaños del patriarca familiar, el reputado joyero neoyorquino, Marcus Geller. Los cuerpos de los, hasta ahora, veinte fallecidos están siendo estudiados por los forenses que, de momento, no descartan ninguna hipótesis en relación con este extraño suceso.*

—Vaya, vaya como se nota que hay elecciones el mes que viene. Sí, no pongáis esas caras, siempre que toca votar, aparecen las enfermedades más raras del mundo. Es todo mentira, creedme, una mayonesa en mal estado. Algunos servicios de catering son horrorosos.

11

Bamburgh, 1588

Los dieciséis, dos habían muerto de cansancio nada más llegar a las celdas, cantaban y rezaban a partes iguales ya que no tenían nada mejor que hacer. Las posibilidades de salir de allí con vida simplemente no existían y las de morir con el estómago lleno de algo diferente a pan con gusanos, eran menores todavía, por lo que trataban de pasar aquella noche de la mejor manera posible. Las celdas, sucias y mugrientas al menos estaban calientes y el orín y el sudor de aquellos hombres contribuía a templar las frías paredes escavadas en la roca.

Se oyó bajar el puente y la mayor parte de las antorchas se apagaron. La última noche. Ducátez siempre había imaginado que si caía prisionero de los turcos, la pasaría rodeada de moras cubiertas con velos dorados y comiendo manjares traídos de aquello que Colón llamo Cipango. Sin embargo el destino era un poco más triste aunque podía haber sido peor. O mejor. Se le había acabado pegando la filosofía gallega de Fraga.

Al poco rato, escucharon un ruido. Alguien se detuvo junto al guardián y cuchicheó unas palabras en latín.

—¡Hombre! ¡El mardito pater prié, o como se diga—gritó uno de los reos—qué, viene a vé si queremo sarvá el pellejo a última hora!

—Cállate estúpido— dijo en un perfecto español.

El sevillano calló estupefacto. Antonio Triana no iba a dejar que nadie le llamara estúpido. Por mucho Priest pelirrojo que tuviera delante.

—No cé donde ha aprendido usté a hablar en criztiano, pero no ha nacio el cerdo inglés que me llame estúpido y ce vaya de rosita, no ce ci me entiende. É una láztima que tengamo estos barrote delante.

—Cerdo escocés, si no te importa. Y cerdo al que probablemente debas la vida mañana, aunque parece que con las entendederas que Dios nuestro Señor te dio, no creo que llegues más allá de la playa. Tenéis muy poco tiempo. Vendréis conmigo. Junto al altar mayor de la capilla hay un viejo pasadizo que lleva a la playa. Por ahí escaparéis.

—¿Y por qué hemo de creelle, priest? ¿Quién me dice que no me va a degollá en cuanto salga de aquí?

—Hijo mío, realmente eres más corto de lo que pensaba. Puedes venir conmigo o quedarte aquí hasta que amanezca y te ahorquen. Tú decides donde morir.

Se miraron los unos a los otros buscando a alguien que decidiera por todos.

—Iremos—dijo finalmente Fraga—. Y al que no venga se le corta la lengua, por si hay arrepentimiento de última hora. ¿Algún comentario?

Todos asintieron.

—Bien, eso está mejor. Tú—dijo el cura señalando a Ducátez—veo que llevas un Rosario valioso. Prefiero no saber de dónde lo ha sacado una chusma como tú. Lo necesitamos para sobornar al guardia. Dádselo, que lo guarde bien y dejadle inconsciente. No le rompáis nada. No ha puesto muchas pegas. También es católico.

Así es como el Priest se convirtió en Páter, de Toledo concretamente. De madre escocesa, había vuelto a la gran Isla como sacerdote y por influencia del Secretario de Castilla, Antonio Pérez, que le propuso, hacía ya 10 años y previo asentimiento de la Santa Inquisición, renegar de la fe católica y del Papa, y seguir los designios de aquella Iglesia que por allí llamaban anglicana y que tenía como cabeza visible, la tan variable cabellera del Rey de Inglaterra. Se pasó al otro lado y consiguió un buen puesto como eclesiástico al servicio de sir John, lo que generó una cantidad ingente de información sobre la situación de las Marcas y así como de las cada vez menos frecuentes revueltas escocesas en territorio inglés. Información que llegaba con una velocidad inusitada al despacho de su Majestad, Felipe II, que se encargaba personalmente de todos los asuntos que llegaban a su mesa, especialmente de aquellos que trataban sobre la isla de la que una vez fue soberano y que la mala baba de su antigua cuñada había logrado que fuera su mayor obsesión, que no preocupación. Y es que nadie como la querida Isabel I, para sacar de sus casillas al serenísimo Rey Católico, por mucho que él siempre dijera a sus más cercanos colaboradores que aquella hija de Enrique VIII acabaría sentando la ruina para Inglaterra durante cien años.

En silencio de Viernes Santo, salieron de la mazmorra y Ducátez entregó el rosario, con cruz de plata, cuentas de nácar y cierre de oro, que, según le contó Fraga, el padre Penas había encontrado en una Iglesia de la Vieja Castilla.

12

Madrid, 2006

—Qué, Jaime, ¿alguna actividad que merezca tal nombre prevista para hoy?

—Pues sí Tarso, no te vayas a creer que soy un vago. Déjame la mochila por ahí, hazme el favor—pidió—. Tengo que ir al banco en lo que me dure este vino y su correspondiente tapa que no me has puesto todavía, por cierto. Ya sabes, tengo que gestionar mis ahorros. No me lo voy a gastar todo en tu vino.

Cuando aterrizó en la Cooley, con mentalidad de becario del glorioso ejército académico español, no daba crédito a lo que veía. Controles de seguridad en cada puerta, laboratorios inmensos con todos los medios disponibles en el mercado, material desechable realmente desechable, personal administrativo para cada uno de los investigadores. En fin, creía encontrarse en otra dimensión. La Cooley le había buscado una bonita casa a veinte minutos del trabajo y un enorme Chevrolet blanco todoterreno. Incluso una asistenta para no hacer nada, absolutamente nada. Todo a su nombre, por supuesto, y comprado a crédito por la compañía a interés cero. No tuvo mayor problema en pagarlo todo por completo en apenas dos años. Cuando devolvió el cheque con el sueldo que consideró conveniente, con una cantidad sonrojante para un número importante de ejecutivos españoles, y lo aceptaron sin ni siquiera mirarlo, pensó que le estaban gastando una broma sus compañeros.

El primer día a las ocho en punto de la mañana conoció al viejo, junto con otros nuevos fichajes.

—Nuestro objetivo es el de buscar una explicación a nuestra existencia, señores. Tengo más dinero del que todos los empleados de esta compañía podrían gastar en siete vidas, y sin embargo dedico mi vida a este grupo. Como les habrán informado, este anciano moribundo que tienen delante, es el único responsable de este departamento. No tienen nada que ver con el resto de la empresa, su objetivo no es ganar dinero para nosotros, sino obtener conocimiento. Son tres los equipos en los que actualmente estamos divididos—prosiguió—. Secuenciación, Bioinformática y Química Combinatoria. Estos dos ancianos decrépitos que tienen a mí derecha, señores Matthews y Young, dirigen los dos primeros. No se fíen de las apariencias, ya saben que sabe más el diablo por viejo. Las comparaciones son odiosas, pero la joven y bella señorita Jones dirige el grupo de Química Combinatoria.

Cooley le estrechó la mano y le dijo lo mucho que esperaban de él, en un discurso bastante americano y muy predecible. Se le asignó al equipo de Young y a las ocho y media se reunió con su nuevo jefe, quien básicamente le vino a decir que tenía cincuenta muchachos a sus órdenes para intentar encontrar secuencias comunes, patrones repetidos, curiosidades o todo tipo de alteraciones que su criterio encontrara relevante, en distintas muestras de ADN, que utilizara los métodos que quisiera y planteara las hipótesis oportunas. Los viernes por la tarde quería un informe con los progresos, hallazgos y sugerencias de su grupo. A las ocho cuarenta dirigió unas breves palabras durante treinta segundos a sus nuevos compañeros y a las ocho cuarenta y uno estaban trabajando.

—Como en casa—pensó.

El trabajo le pareció fascinante desde el principio. Sobre todo por la disposición ilimitada de medios. Conseguían avanzar en las secuencias que el grupo de Matthews les pasaba a un ritmo increíble. Inicialmente, aquello le entusiasmó, pero al poco se dio cuenta de que era un ciego trabajando entre ciegos. No sabía nada de la finalidad de su trabajo. A él le llegaban secuencias, en teoría buscaba, analizaba, a veces encontraba parámetros comunes, a veces comparaba con secuencias previas, diseñaba proteínas compatibles con esas combinaciones de genes, emitía su informe y a empezar de nuevo. Realmente no sabía para que servía su trabajo. Y con el tiempo, llegó al convencimiento de que su jefe directo tampoco.

El caso es que debían estar muy contentos con su trabajo porque los bonus, pluses y gratificaciones varias no hacían sino multiplicarse mes a mes. Su grupo, decían en el comedor, era el más valorado por el viejo y el chico español apuntaba alto. Siempre que se cruzaba con el viejo, éste le sonreía y le espetaba un, *bien hecho hijo*. Por eso, cuando Young murió a nadie le sorprendió que el puesto recayera en él. Por muy poco tiempo que llevara en la compañía. Y así pasó los años, en *el bien hecho hijo* y la impotencia de no conocer a que se dedicaba realmente. Hizo buena amistad con Jones, la directora de combinatoria. Norteamericana por los cuatro costados, era una belleza rubia, alta, de ojos marrones, raza indescifrable y mirada alegre las menos y triste las más veces. Reclutada por la Cooley Corporation con sólo veintitrés años, era la persona más inteligente con quién se había topado en el mundo. Todas esa cualidades la convirtieron en su deseo, que, por mucho que Núñez lo intentó, nunca consiguió que pasara de ahí. Siempre preguntaba más que respondía, y lo poco que pudo adivinar fue que ella estaba igual de ciega que él. Le llegaban las proteínas que el equipo de Jaime diseñaba y buscaban moléculas para actuar sobre ellas. Habían conseguido algunos éxitos, pero todo era extremadamente teórico. Incluso tenía un grupo que se dedicaba a trabajar sobre las propias secuencias. Terapia génica, al fin y al cabo. Fuegos artificiales por el momento y durante muchos años más.

—Vinieron unos tipos preguntando por ti, esta mañana—dijo Tarso.

—Alguna deuda americana. Ten cuidado, te sacarán hasta los ojos como hayas dejado de pagar un solo día sus impuestos, no importa donde vivas— apuntó con optimismo Aguilera.

—No eran de por aquí. Querían disimular que eran guiris, y claro, se les notaba sin remedio. Morenos, fuertes, buenas ropas aunque algo viejas, se tomaron una coca cola, y se fueron, aunque estuvieron merodeando por aquí un rato.

— Qué control, Tarso. ¿No dijeron que querían?

—Dijeron que te habían conocido en América, y que querían charlar un rato. Les dije que hoy no vendrías.

Jaime cogió una servilleta y se limpió los restos de la tapa.

—Mejor, no he empezado el día bien. Muy bueno el jamoncito, un poco escaso para ser un cliente habitual, pero el toque de cebolla te queda muy bien. Me voy, tengo al del banco esperando desde hace una hora. Qué bien se portan cuando tienes capital. Luego nos vemos—dijo cogiendo la cazadora.

—Cuídate bien las espaldas—respondió Tarso mirando, a través de la ventana, como se alejaba su amigo al doblar la esquina, mientras los dos tipos del coche negro arrancaban.

13

Edimburgo, 1588

Durante cuatro jornadas caminaron sin cesar durante la noche y se escondieron durante el día en los acantilados de la costa del mar del norte. Varias veces estuvieron al cabo ser vistos, especialmente en Dunbar, donde no pudieron apartarse de unos campesinos, que estuvieron a punto de lincharles de no haber sido por Fraga, que por algún motivo desconocido, y dejando boquiabiertos a sus compañeros, conocía la lengua que aquellos hablaban, y, convenciéndoles de que eran católicos, españoles y enemigos acérrimos de la virginal Reina Isabel, finalmente les dejaron seguir camino de Edimburgo. Incluso regaron el encuentro con agua miel y compartieron un extraño pez de color naranja y sabor a humo, comido crudo y que dos asturianos juraron por la santísima Virgen de Covadonga que era salmón, pero que dada la textura y presentación, nadie pudo creer.

Siguiendo el consejo del pelirrojo Páter toledano, no debían detenerse hasta Edimburgo, ya que no podían estar seguros del todo hasta llegar allí por las incursiones de tropas inglesas en las Marcas escocesas y que provocaban una total desconfianza de los escoceses que habitaban la frontera hacia cualquier forastero. En Edimburgo, aunque mal vistos y maltratados, podrían sobrevivir si eran descubiertos como católicos.

Entraron en la ciudad y no pudieron sino maravillarse de la gran actividad que bullía por todos los rincones. No era día de mercado y, sin embargo, los puestos se agolpaban a lo largo de High Street. Justo al entrar decidieron que lo mejor sería separarse ya que la presencia dieciséis extranjeros, más bien sucios, más sospechosos que creyentes, traería problemas en breve. Los unos optaron por buscar una taberna donde compartir conversación con Baco, otros por juntar a Baco con Eros, mucho más satisfactorio, y Fraga y Ducátez se dirigieron al puerto buscando noticias de la Armada, y con un poco de suerte un barco que los llevara de vuelta a casa o al menos al continente.

Dejando a lo lejos el castillo del joven Rey Jacobo, que por aquellas cosas del destino sería el primer Rey de Gran Bretaña, algo que sus vecinos del sur nunca pudieron digerir, avanzaron hacía los muelles. De haber vivido para verlo, Felipe II hubiera decretado diez días de fiesta a la salud de la Reina Isabel.

Se detuvieron en la puerta de un lamentable garito al que ni las huestes del jefe de alguaciles de Madrid, un tal Gallardó, a quien, por cierto, en protesta por el cierre de lupanares en la ciudad, sus convecinos habían abierto una zanja alrededor de su casa con el fin de que no saliera, se hubieran atrevido a entrar. Allí se encontraban cuatro soldados escoceses, con su falda, su mechón y sus medias de lana, o al menos eso parecían. La discusión no fue muy ilustrada, más bien corta, más aún considerando las limitaciones lingüísticas de ambos bandos y la pelea, dos para cuatro primero y para ocho después, aunque disputada al principio, cayó del lado escocés, por una cuestión matemática y de hambre, a partes iguales. El primero en golpear fue el único de los cuatro de pelo rubio, que sin aviso previo y tras un leve empujón en el hombro derecho de Ducátez, propinó un buen puñetazo a Antón, que no reculó más de medio paso y respondió con, no uno, sino dos golpes en la nariz del rubiales que gritando como una niña comprobó rápidamente que habían elegido malos contrincantes. Los soldados fanfarrones, que sólo querían descargar un par de golpes antes de acostarse, se vieron sorprendidos por la resistencia y ferocidad de aquellos que, no sólo no aceptaban los golpes como era de esperar, sino que los devolvían multiplicados por dos y por tres. Hizo falta la presencia de la autoridad para poner fin a la trifulca. Los anfitriones a dormir, y los extranjeros andrajosos de lengua extraña, en palabras del más borracho de todos ellos, al castillo.

Volvieron de nuevo a High Street y enfilaron la embarrada calle. Los empujones y golpes les hacían resbalar. Cuatro alguaciles de su majestad Jacobo VI, serenos, armados y bastantes disgustados los acompañaban. No por tener que lidiar en una pelea, algo bastante habitual en las oscuras callejuelas de la ciudad, sino porque la aparición de dos españoles en la riña, les hacía intervenir y pasar la fría noche andando, cuando podían haberla pasado sin necesidad de moverse, bebiendo cerveza caliente y con las manos hacia el agradable crepitar de una hoguera.

—¿Les damos el cáliz y nos vamos?—inquirió Ducátez a Fraga con la mirada.

Éste negó con un leve movimiento de cuello.

—Si se lo damos, nos matan y adiós muy buenas. Quizás nos sea más útil para salir del castillo—contestó casi en silencio.

Al final de la cuesta, en la parte más inaccesible y elevada de la ciudad, se alzaba el castillo. Ducátez, que no había salido de España, pero conocía bastante bien toda Castilla, observó con interés el original edificio que tenía frente a él. No pudo identificar la torre del homenaje, ni la barbacana, ni por supuesto foso o rastrillo. Situado en la parte más alta de la ciudad, esto era lo único común con aquellos que había visto en su tierra.

Tras atravesar una anchísima muralla que cubría solamente la mitad del lugar, gracias a sus defensas naturales que no la hacían más necesaria, se podía observar lo que parecía más un palacio con sus dependencias adjuntas alrededor, que una fortificación defensiva, fin último de todo castillo que se precie. La residencia del rey, gozaba de una extraordinaria defensa en oriente, cubriendo los maestros constructores poniente con muros anchos, pero no demasiado altos, dada la dificultad que ofrecía el terreno para cualquier ataque.

Dentro se encontraban, en edificios independientes, la residencia del monarca, los barracones de la guardia del Rey, una preciosa capilla que Fraga identificó como la de Santa Margarita y un lúgubre y maloliente barracón donde fueron amablemente acomodados. Aunque esta vez estaban ellos dos solos con lo que pudieron aprovechar el único jergón de paja que, en una esquina y cubierto en parte por restos de anteriores inquilinos, se les ofrecía como una excelente posibilidad para apoyar el cuerpo. Otra vez encerrados, decidieron intentar dormir hasta que la luz les despertara de ese sueño que los Elementos convirtieron en pesadilla.

14

Madrid, 2006

No es que fuera un especialista policial, ni siquiera era, como le recordaban a menudo sus amigos, especialmente avispado. Pero no había que ser una lumbrera para saber que le estaban siguiendo desde que salió de la taberna.

—Creo que estoy bebiendo demasiado estos días—pensaba, mientras intentaba no darle importancia—. ¡Qué coño!, juraría que tengo detrás a media calle.

Dos muchachos sonrientes, fuertes altos y con corte de pelo militar se habían cruzado con él, no menos de cinco veces, juntos y por separado. Además estaba convencido de que el viejo Ford Fiesta negro que estaba aparcado enfrente del banco, también lo estaba en la taberna.

—Con perdón, señor Núñez, estaremos encantados de gestionar este patrimonio. Sin embargo, sus peticiones se me antojan desmesuradas. Ya sabe, con perdón, las comisiones son cosa generalizada en los bancos. Quizás si aceptara contratar con nosotros un plan de pensiones o un seguro de vida, con perdón.

—Vamos a ver, señor…, no alcanzo a ver su nombre. Que me intente timar es parte de su trabajo, pero que me trate por tonto ya me toca un poco los cojones. Si estoy aquí, no es por su cara bonita, con perdón, sino porque lo que me ofrecen me convence. Ahora bien, si con la cantidad de pasta que les voy a dejar manejar, encima se les ocurre cobrarme la más mínima comisión, no dude que tardaré unos veinticuatro segundos en sacarlo todo de aquí. No sé si me he expresado con claridad o con perdón, como usted prefiera. Y tengo un poco de prisa, así que si no le importa, y para no seguir mareando el tema, lo mejor es que me vaya a esa oficina de enfrente a ver qué me dicen.

Y descansó como siempre había querido hacerlo. Recordaba cuando acompañó a su padre al banco para pedir doscientas cincuenta mil míseras pesetas para cambiar el viejo Seat 127 por un Ford Scort plateado, y le dijeron que volviera en otro momento, o cuando con su primera beca predoc, intentó pedir medio millón para arreglar un baño y la cocina y tuvo que quedarse con la mismas baldosas otros diez años.

Pero ahora las cosas eran diferentes. Casi ocho años después, desde que remplazó a Young, y cobrando cerca de un millón de dólares, le daban a uno otro porte a la hora de buscar banco. Todo bien invertido en bonos americanos, acciones de Microsoft y propiedades fáciles de alquilar por toda la costa española. Como diría algún demagogo estúpido con coche oficial, para especular. Como decía él, me gasto mi dinero en lo que me da la gana, que para algo es mío y si no quieres que me lo gaste en pisos, no recalifiques terrenos haciendo el egipcio. O sea. Y luego la indemnización con la que el viejo le había dicho bye, bye y no preguntes. Tres millones más. Ingresados el mismo día que le echaron. Como corresponde.

—Bien, señor Núñez, no se preocupe, seguro que podemos entendernos— dijo el director reculando—. No habrá ningún problema. Creo que el plan *exclusive* es el suyo. Por supuesto ni una comisión, sólo debe preocuparse de ver los rendimientos a final de mes.

Satisfecho consigo mismo, salió del banco en dirección al metro. Era plena hora punta y era la mejor manera de volver al barrio, aunque sólo fueran tres estaciones. Demasiado frío para andar como a la ida, y demasiado de noche como para sentirse vigilado. El coche negro no entraría en los vagones y si los cabeza cuadradas de aspecto marine, le seguían, intercambiaría un par de comentarios con ellos.

Pagó el billete, pasó los tornos y se subió, casi corriendo al tren que llegaba en ese momento. Ejecutivos, estudiantes y currantes en general, se amontonaban como sardinas.

—No te sigue nadie, capullo—se dijo.

Entonces, al abrirse las puertas en la siguiente estación, los vio entrar, justo en la otra punta. Hablaban amigablemente, uno con un periódico en la mano, el otro con un maletín.

—Menudo despliegue de vestuario.

Al arrancar el metro, se dirigió directo hacia ellos. Pero no fue fácil. Señora con niño, trajeado con maletín, turista con maleta y demás fauna suburbana, le hacían imposible llegar al otro lado del vagón. Se abrió paso entre empujones, algunos *porfavores*, unos *sinmedisculpacaballero* y otros *vayaseunpoquitoalamierda*. Cuando se encontraba a la mitad de la odisea, el del periódico se dio cuenta de que se dirigía hacia ellos. Jaime lo miró fijamente durante un segundo.

—Me vas a contar en un momentito por qué hostias lleváis detrás de mí todo el día, majetes.

Los dos tipos, se pusieron nerviosos y comenzaron a buscar la próxima parada con la mirada. El tren se detuvo, abrieron la puerta y se bajaron a toda prisa. El del maletín, devolvió la mirada.

—Nos veremos en un ratito, chaval—quiso decir.

Jaime, atrapado en medio del vagón, empezó a no sentirse tan seguro de si mismo. Mucha mala leche pero no era muy alto ni tampoco muy fuerte, eso sí, y sin embargo había espantado a dos tipos que, dado su aspecto, con muy poquito de esfuerzo le habrían puesto la cara como un piano. Además, ambos estaban muy seguros de sí mismos. Así que siguiendo un par de razonamientos básicos, reflexionaba.

—¿Por qué un par de tíos fuertes que llevan todo el día siguiéndome, se largan en cuanto me encaro con ellos? ¿Se les viene abajo el chiringuito si les descubro?

No paró de pensar en ellos durante un buen rato, hasta que llegó, a buen paso, a la taberna de Tarso. Al menos, no le seguían desde que salió del metro.

Afortunadamente, al atravesar la puerta, todo volvió a la normalidad. Javi, Pinchos, Tomás, Samuel y Tarso se encontraban discutiendo sobre la distancia que había entre Madrid y Moscú.

—Sí señor, un debate como Dios manda.

Y una noche más, dejó que los problemas volaran, a un lugar que él desconocía, pero que sin duda, estaban muy lejos de aquella vieja barra de bar.

15

Edimburgo, 1588

—Tengo la espalda bien jodida, Ducátez.

—No te quejes, amigo. Pensaba que sería mucho más húmedo. ¿Crees que saldremos de aquí?

—No tengo la menor duda de que no.

Fraga se levantó, se acercó a la puerta y golpeo la mirilla.

—¿No se come nunca aquí?

El guarda se acercó, y miró con sorna a los dos andrajosos españoles.

—Tenemos dinero.

La mirada pasó de la sorna al interés.

—Ahora nos traerán algo.

—¿Piensas que te ha entendido?

—Somos españoles, ¿recuerdas?, todo el mundo entiende nuestro idioma, por la cuenta que les trae.

Ducátez comenzó a escribir su nombre en la puerta con su cuchillo, el mismo que unas horas antes había puesto en el cuello de un escocés.

—No te van a recordar por mucho que escribas. Somos soldados, chaval. Basura. Prescindibles. Nadie pagaría un duro por nosotros. No pierdas el tiempo.

—¿Qué harás cuando vuelvas a casa?

—No quiero volver. Me buscaré la vida por aquí. Sé pescar y tengo buenas manos. Seguro que encontraré un pueblo donde hacerme viejo. Este sitio es bonito. Quizás hasta tengan un Rey que valore a aquellos que mueren por él.

Aporrearon la puerta. Abrieron el ventanillo y les pasaron dos cuencos con algo caliente.

—No está malo.

—Lo habrán calentado con meado, chico—observó Fraga.

—¿Dejaste muchos amigos?

—La mar mató unos cuantos, allí en Muxía, así que casi no quedan. Y luego, pues holandeses e ingleses hicieron el resto. El último el Páter. Era amigo de mí abuelo que murió en Italia, cuando el Emperador. Estoy acostumbrado a ver morir a mi alrededor. No soy buen compañero de viaje. Lo que me sorprende es tener todavía el pellejo en su sitio.

—Yo volveré a España, iré a Sevilla. Quiero ir a las Indias. En casa no tengo a nadie.

—Espero que tengas suerte, a mí no me fue nada bien. Si España es corrupta, aquello es horrible.

A la mañana siguiente les condujeron ante el jefe de alguaciles, un tipo bajito, cejijunto, cargado de espaldas y malhumorado. A Ducátez le recodaba a más de un vecino de su pueblo.

—De momento sois libres para moveros por las tierras de su Majestad. No hay sitio aquí para reteneros, no valéis mucho y nadie pagará nada por vosotros. No busquéis problemas, no sois más que extranjeros y además pobres de solemnidad—dijo mirando la bolsa de Ducátez—. La verdad es que disteis una buena paliza a esos borrachos. Tenéis bien ganada la fama que os precede en toda Europa. Aunque creo que vuestra Armada ha hecho aguas. Deberíais conocer mejor la mar. Un Imperio como el vuestro no se conserva con inútiles dirigiendo las flotas y más sabiendo que vuestra infantería se habría plantado en Londres sin problemas.

Los dos se miraron. Le habrían dado la razón de buena gana, pero pensaron que no era la mejor ocasión.

—En fin, salid de aquí.

Los españoles se dieron la vuelta para recuperar la libertad cuando se dirigieron de nuevo a ellos.

—Por supuesto, la bolsa se queda aquí. Los donativos son siempre bienvenidos. La capilla de Santa Margarita está necesitada de gestos cristianos de buena fe. Creedme, por favor. No me miréis así, no me la quedaré yo. La Reina Ana os lo agradecerá en sus plegarias. Tomad unas monedas, tendréis suficiente para un par de días hasta que encontréis trabajo.

Tras salir del castillo, se dirigieron a los muelles, más pobres aún que cuando salieron de España, pero libres y vivos, que no era poco.

—Amigo, yo me quedo aquí, buscaré algún barco que me necesite. Quizás tarde poco en llegar a Flandes, será un poco peligroso, pero me costará menos que encontrar un barco que me lleve a Portugal o a Italia. Desde allí, me tocará andar hasta Sevilla.

—Cuídate mucho, eres un buen chico. Tal vez te hagas rico en las Indias. Yo tiraré al norte por la costa. Preguntaré por aquí.

—Antón, toma el dinero. Yo no lo necesito. Aquí tendré trabajo y comida hoy, he visto muchos barcos en dirección a Holanda o a la Hansa.

—Gracias chaval. No te pases de bueno. Te acabarán tirando por la borda.

Se dieron un abrazo y cada uno tiró por su lado. Pobres, sin destino y olvidados por el Rey por el que habían dejado su país. Pero nunca cabizbajos, guardando el orgullo de ser soldados españoles, de tener el mundo a sus pies y no tener miedo a la muerte siempre que fuera con honor. Algo que aquellos que les enviaban a empresas imposibles nunca entenderían.

16

Madrid, 2006

Beth Jones caminaba impaciente por la calle, tratando de entrar en calor. La capital de España se acostaba y ella tenía la nariz a punto de congelarse. Llevaba más de dos horas esperando en la puerta de la casa de Jaime y ya eran las tres de la mañana. Le habían informado sobre sus horarios desde que había regresado a Madrid, pero su mentalidad guiri, como él la llamaba a veces, le había vuelto a traicionar. Con sus padres, de estudiante en la universidad y muchas otras veces por trabajo o simple deleite, estuvo en Madrid. Y siempre le pasaba igual. Si la primera vez le pareció increíble que a las ocho de la tarde las calles estuvieran llenas, fuera cual fuera el día del año o el barrio en el que se encontrara, la segunda se quedó sorprendida cuando descubrió que cualquier día de la semana podía pasar de bar a bar hasta que los primeros en cerrar volvieran a abrir. Y nunca estaría sola.

Supuso que, siendo martes, a las doce habría vuelto a casa. Pensó en ir a buscarle al bar, donde sabía que estaba, pero era suficiente con sorprenderle a él. No necesitaba que hubiera más testigos.

Mataba el rato tratando de despejar las dudas que pataleaban en su mente. El bien, el mal, todas esas historias absurdas que se cuentan a los niños y que, por muy viejo que seas siguen repitiéndose a lo largo de todas las decisiones que se han de tomar o dejar, pedían permiso para participar en la votación. No era fácil. Su familia, su otra familia, la verdad, con mayúsculas o sin ellas. Y las dudas de nuevo, dudas que durante la última semana la habían obligado a firmar su sentencia de muerte. No sabía lo que tardaría en ejecutarse. Pero ya estaba firmaba.

Por fin, escuchó gritos a lo lejos. Identificó tres voces, y sin duda una era la de su antiguo colega.

—Eres un subnormal. ¿Tres mil kilómetros de aquí a Moscú? Parece que no hayas ido más allá de Gandía—dijo uno de ellos.

—¡¿Cuántos kilómetros quieres que haya, tonto del haba?! Aristóteles pensaba que la longitud de la Tierra era de... ¡Mañana lo miramos en Internet!—contestó la potente voz de Jaime.

—De verdad, ¿no tenéis otra cosa de la que discutir?—pidió otro.

—No me hace falta mirarlo. ¿Y tú te has recorrido el mundo?

—Pues sí, es que iba en *bisnes*, capullo, y no miraba por la ventana. Siempre me sentó mal el caviar que servían.

—Ya salió el pijo Núñez. Hala, que te den, me llevo a este muermo a casa.

—Esos eran buenos ratos y lo demás no importaba—pensaba mientras buscaba las llaves en el bolsillo.

—Veo que cada vez te cultivas más. Aristotélicamente hablando, claro.

Si le hubieran dicho que se iba a encontrar con ella, se habría quedado tomando la penúltima. No le gustaban los escalofríos antes de acostarse. Hacía casi tres semanas que no la veía y no le había ido tan mal.

—Son buenos tíos. Ingenieros los dos. Javi está un poco apagado desde que se murió su gato. Pinchos es un bocazas pero es muy feliz desde que se divorció. Unas joyitas inadaptadas, vamos.

—Como tú.

—Yo soy la guinda de la tarta, el diamante en el anillo, el... En fin, estoy un poco borracho. ¿Subes, supongo, y me explicas que haces aquí?

Jones lo miraba con asombro. Ni siquiera le había dado las buenas noches. Ni un qué tal, cómo te va la vida, me alegro de verte. Nada. Como si se acabaran de ver esa tarde. Estaba borracho, bastante, pero seguía teniendo una mirada de pillo inseguro, que volvería loca a cualquier mujer. A todas menos a ella.

—Bueno, Jones, ¿te han despedido a ti también y no tenías un mejor sitio a donde ir con todos esos millones que te habrá pagado el viejo? ¿Nada mejor que hacer que venir a verme a mí? No éramos tan íntimos, preciosa.

Lo ayudó a salir del ascensor, metió la llave en la cerradura, abrió la puerta y entraron en lo que su abuela hubiera llamado pocilga inmunda.

—Quizás inmunda sea demasiado—pensó.

—Me despidieron hace cuatro días. Dicen que el viejo ha desparecido.

—Ah, ¿y?

—¿No te parece curioso?

—¿Qué te despidan o que Cooley desaparezca?

—Pensándolo bien, las dos cosas.

—Supongo que el tío más rico del planeta tiene capacidad suficiente para hacer lo que le plazca. ¿Has hecho diez mil kilómetros para preguntarme esto?

—Primero he preguntado por ti—Beth empezaba a perder la paciencia—. Pero no creo que quieras hablar de eso.

—Tienes razón, además ya ves que me va de puta madre. Necesito una asistenta, sí, pero no he sido tan feliz nunca. Y no lo digo porque no me tenga en pie. ¿Descubriste algo que le provocara una cistitis para salir huyendo?

—No hay nada como interrogar a un borracho—se dijo mientras ayudaba a sentarlo—. No sé lo que le provoqué, pero le presenté el último informe de mi grupo hace una semana más o menos. Me dio las gracias, y a los pocos días me llamó a su despacho, me informó que mi trabajo había concluido y que recogiera mi generoso finiquito en recursos humanos. Y no he vuelto a saber de él.

—¿No volviste por allí?

Ahora era él el que preguntaba.

—No—mintió—. Fui a casa, estuve un día con mí madre y me vine por aquí. Llegué ayer. Voy a conocer el norte de Castilla, León, Palencia, ya sabes. Me gustan las iglesias viejas que tenéis por aquí.

—Has elegido una buena época. Con un poco de suerte no puedes ni salir a la calle del frío que vas a pasar. Y por curiosidad, ¿cuánto te soltó a ti?

—Cuatro millones.

—Je, je, Siempre fuiste su favorita—dijo recostándose en el sofá—. ¿Pues qué quieres que te diga?, no tengo ni idea. ¿Y dices que ha desparecido? Es un poco raro, despide a los tres jefes mimados de su más mimado aún chiringuito biotecnológico y desaparece. Ya sabes que nunca me gustó del todo aquello, no sabíamos a que jugábamos.

—Venga, ¿nunca se te ocurrió nada?

—Pues no, el tipo buscaba algo, nosotros le encontrábamos pistas pero creo que sólo él sabía dónde estaba la cerradura y como colocar las llaves.

—Nosotros sintetizamos muchísimas moléculas para él, al final incluso, cuando le dio por la terapia génica, le diseñamos un par de virus ADN vectores. A la carta.

Jaime se sorprendió e intentó disimularlo como pudo, ella se dio cuenta, aunque Beth también intentó fingir que no se había enterado. No se olvidaba de que estaba bastante borracho.

—No sé Jaime, ¿no te pidió nada raro?

—Nada de nada. Hacíamos el trabajo de siempre, hasta que me echó.

—¿Nada de nada?

Empezaba a hartarse de tantas preguntas.

—He dicho que no. ¿A qué viene este interrogatorio?

Jones se dio cuenta de que, quizás por hoy, ya había sido suficiente. No quería despertar sospechas de nadie y menos de la última esperanza para sus escrúpulos.

—Bueno, creo que es hora de meterse en la cama, si quieres quedarte a dormir hay dos habitaciones más. No hay sábanas pero creo que hay un saco en mí cuarto.

—No, gracias. Tengo mi hotel a quince minutos de aquí. Me voy dentro de dos días. Mañana te llamo y nos vemos.

—De acuerdo—aceptó mientras la acompañaba a la puerta—. Joder, olvidé la puta mochila.

—Me encanta como usáis el idioma los españoles. Buenas noches.

Beth, salió a la calle y caminó doscientos metros. Al girar la esquina, una furgoneta blanca la esperaba. El portón trasero se abrió.

—Bien hecho.

Se quitó el jersey, despegó con cuidado los dos micrófonos del pecho y los devolvió. Se dio la vuelta y caminó.

—¿No vienes? Deberías alegrarte, el final está cerca.

—Voy andando.

—De acuerdo. Mañana hablamos.

La furgoneta se alejó y ella comenzó a llorar desconsoladamente. No quería morir pero tampoco quería que aquello por lo que había vivido toda su vida, por lo que había matado, mentido y alimentado con todo su odio, se volviera en su contra. La conciencia no perdonaba. Los remordimientos, tampoco.

17

Edimburgo, 1623

El Príncipe Carlos terminaba nervioso de vestirse. Esa noche no había podido dormir, pensando en la extraordinaria aventura que le esperaba. A sus casi veintidós años nunca se había sentido tan emocionado. Por fin, algo diferente a las cacerías y aburridas fiestas de Palacio. La vida en la Corte le aburría solemnemente pero tampoco estaba preparado para salir al mundo exterior. El segundo hijo del primer rey de Inglaterra y Escocia, sólo tras la muerte de su hermano había conseguido sentirse atendido, demasiado mayor ya, a los doce años. Enfermizo de nacimiento, tardó más de tres años en aprender a hablar y andar, sin duda buscando las atenciones que brindaban a su hermano Enrique. De hecho no le nombraron, pese a sus pataletas, Príncipe de Gales hasta cuatro años después, por si las moscas o la peste.

Guapo, piel blanca encalada, elegante bigote y ligeramente pelirrojo, como su madre, esperaba que su futura esposa cayera a sus pies nada más verla. Su mayor complejo, la estatura, trataba de disimularlo con unas alzas escondidas en las botas de cuero español. Había encargado dos, unas para el viaje y otras, ribeteadas en oro y plata, para cuando llegaran a su destino. A pesar de ello, no podían hacer milagros. Esperaba que a la Infanta María no le importara, no le incomodara un pretendiente demasiado bajito.

Llamó a un soldado de la guardia personal, a quien pidió su petate y requirió le enseñara como cerrarlo, pues era la primera vez que preparaba un viaje sin un baúl. O varios.

Completó su equipaje y se dirigió a las caballerizas, donde George ya le estaría esperando. Saldrían justo antes del amanecer, para evitar miradas indiscretas. Besó la cruz que su madre le regaló al nacer, montó en el caballo y comenzaron su camino.

El destino final, no era otro que la capital del mundo, el lugar más vibrante de la cristiandad, hormiguero de un Imperio que parecía enfermo, pero al que nadie había conseguido poner de rodillas de momento. Capital de la literatura, sus poetas se cruzaban versos en los que dibujaban con palabras los males de un pueblo. El teatro llenaba la vida de la ciudad, y las comedias plasmaban una realidad que, de otro modo, ningún gobernante asumiría. Los corrales mostraban las virtudes y sobretodo los defectos de aquel pueblo noble, valiente las más veces y cobarde las menos, envidioso siempre y generoso sólo con el agua al cuello.

—¿Iremos a un corral de comedias, Buckingham?— inquirió al poco de amanecer.

—Como desee, Alteza. Hemos de tener cuidado, los ojos de la Inquisición nos estarán vigilando. Quizás no nos convenga exhibirnos demasiado.

—Vamos, vamos, amigo, nos decidimos a llegar hasta Madrid, para conocer a la próxima reina, y os preocupa la Inquisición. Me decepcionáis, Villiers. No supondríais que iba a ser un paseo—replicó Carlos.

El Duque de Buckingham no estaba preparado para comenzar a responder preguntas tan pronto, es más, si había aceptado acompañar al heredero, no sólo fue por su amistad sino pensando en que el viaje sería tranquilo y podría aprovechar para que Carlos descubriera el mundo real por el camino, sin explicaciones previas. Pero aquella pregunta significaba una cosa, no era consciente de que sus títulos no le valdrían en las calles de Madrid, lo que suponía un problema importante para el cuello de ambos.

—Sabrán que vamos, lo sé, y también que harán todo lo posible porque no os prometáis con la Infanta. Intentaremos asistir a alguna representación, si os place. Pero os pido prudencia, Madrid está lleno de ojos y aceros. No lo olvidéis.

—Gracias por recordármelo, amigo mío, pero no os preocupéis, si alguien quisiera atacarnos, ambos sabemos defendernos. Nadie de posición podría batirse con nosotros y la baja estofa no está a nuestro nivel.

Buckingham comprendió que quizá no había sido una buena idea azuzarle para emprender el viaje. Aunque buen espadachín, las posibilidades de aguantar un lance en las oscuras calles de la capital de España se le antojaban pocas. No es lo mismo tirar durante horas en el salón de palacio, que lidiar con un desconocido que lo único que pretende es rebanarte el gaznate. Y cuanto antes mejor.

—Temo que estéis equivocado. Tal vez, nuestros aceros estén mejor guardados y conservados y tengan estupendos adornos. Perdonadme Alteza, pero nunca habéis tenido que batiros realmente. Sois bueno con la espada, con ambas manos, pero no creo que aguantarais un envite de un viejo soldado. Las calles de Madrid están llenas de veteranos de Flandes. Y, no sólo son de los mejores con el acero, sino que....

—¿Sino qué?—interrumpió Carlos.

—...que, sin duda, nadie como ellos sabe utilizarlo. Se dejarían matar diez veces por honor o por cojones, antes de pedir clemencia para salvar el cuello. Tenedlo presente. Hemos de pasar desapercibidos.

—Admiráis demasiado a esa Nación. No os preocupéis. Mi cabeza está a buen recaudo—concluyó Carlos.

Irónicamente, unos años después el destino le depararía más de una sorpresa a su cabeza. Pero en aquel momento, Carlos Estuardo, se encontraba seguro de sí mismo por primera vez en su vida.

Continuaron su camino hacia el sur durante varias jornadas, hasta que llegaron a la primera parada de su largo viaje. La antiquísima ciudad de York se abría paso entre la bruma. Sus murallas evocaban los tiempos de otro Imperio, muy lejano en el tiempo, que abandonó la Gran Isla hacía más de mil años.

Duque de la ciudad desde su nacimiento, era de las escasas dádivas que recibió al nacer y lo único que él tenía y su hermano no. Por mucha admiración que tuviera hacia Enrique, no pudo soportar jamás no ser el heredero. Las constantes humillaciones que recibía por su innata capacidad de pasar más tiempo postrado en la cama, enfermo, y principalmente por su estatura, o mejor dicho, por la falta de ella, le hacían sentirse un desgraciado más del reino. Hoy, ya Príncipe de Gales y en la primera de las correrías que años más tarde lo convertirían en el primer rey de una estirpe, la de los decapitados, no quería dejar pasar la oportunidad de visitar su ciudad.

Entraron dando un pequeño rodeo por la Puerta del Obispo y cruzando el Ouse se adentraron en York, dejando a su derecha la Torre de Clifford, siguieron recto el curso del río y enfilaron en dirección a la Taberna de Lucie, lugar donde Buckingham solía alojarse cuando, para tratar algún negocio con discreción, no deseaba ser reconocido. Subieron a sus habitaciones, donde la dueña ya les había preparado un baño caliente, así como dos jarras de cerveza. Les anunció que la cena estaba lista y que cuando gustasen, les sería servida. Buckingham sacó dos monedas de oro y se las entregó, junto con una palmadita en sus posaderas.

—Gracias, señor, su estancia y la de su amigo, será, como siempre, cuidada por esta humilde casa. El piso de arriba está enteramente dedicado a su descanso.

—Es siempre un placer dormir en estas habitaciones. Complácenos como siempre y recibirás otras cuatro mañana. No queremos que nadie nos moleste. Por favor, subidnos la cena inmediatamente. Deseamos acostarnos lo antes posible—dijo Villiers mientras la anfitriona se retiraba.

—Conocéis bien el lugar, George—preguntó con una sonrisa Carlos.

—Digamos que los negocios de la corte, necesitan de lugares discretos donde llevarse a cabo.

Cenaron en abundancia, carne de cerdo asada, con nabos, cebollas y salsa de jengibre. Para finalizar, Anne, que así se llamaba la propietaria, les regaló un fantástico pastel de queso que comieron con avidez, como si no hubieran engullido suficiente.

Cansados, se tumbaron en las camas. Carlos, cerró los ojos y esperó pacientemente a que su compañero comenzara a roncar. Tenía cosas más importantes que hacer en York.

18

Madrid, 2006

El comandante Williams entró en la suite número tres del hotel Intercontinental, donde la Agencia había montado el centro de operaciones, cerca de la embajada pero no tanto como para levantar sospechas innecesarias. Ordenadores, televisiones, conexiones vía satélite, todo lo necesario para ver y escuchar allí donde decidieran. La videoconferencia iba a comenzar. Williams como jefe del operativo se situó a la derecha del jefe de servicio de la CIA en España, y a la izquierda del director de operaciones Hamill. Es decir, en el centro de todos los marrones y al lado de todas las felicitaciones

—Creemos que sirios, señor.

—¿Se lo ha dicho su agente?—preguntó el Secretario de Estado.

—No señor, tenemos otras fuentes. Son totalmente fiables, a través de la propia embajada Siria. No conocemos su grado de implicación ni el porqué están tan al tanto de todo. Consideramos que tienen un contacto o un topo en algún lugar de la cadena.

—Deduzco de su frase que no tiene ni idea de dónde.

—Es más intuición que otra cosa, señor. Llevo bastantes años en esto y...

—No, nos vale su intuición Williams, es un asunto bastante serio— cortó el director de operaciones.

Williams, tuvo que tragarse la lengua para no mandar al pino más próximo a su jefe.

—Qué coño sabrás tú de todo esto, chupatintas de mierda—pensaba mientras ponía la mejor de sus sonrisas—. Con todos mis respetos señor, van un paso por delante. Sé que necesitan pruebas tangibles pero es así. Le guste o no. Hace mucho tiempo que dejé mi despacho para dedicarme a esto y si sólo me hubiera guiado por hechos, la mitad de operaciones habrían sido un fracaso.

—Bueno, bueno, chicos, necesito que trabajen juntos. No quiero peleas. Diga Williams, ¿qué le hace pensar así?—preguntó Palacios.

—Siempre han llegado antes que nosotros. Se adelantaron con el matemático, ya estaban aquí cuando nos reunimos en Virginia. En fin, es solamente un presentimiento.

—¿Qué nos ha dicho Jones? ¿Sacamos algo del encuentro de ayer?

—Nada en absoluto, señor. Es un tipo listo y se sorprendió mucho al verla, como es lógico. Si algo tiene ese muchacho es sentido común y desde luego algo no le cuadraba. Tenemos un equipo en el bar donde se reúne con sus amigos todas las noches. Están a punto de entrar.

—¿Algún motivo en especial?

—Sí, señor. Al final Jones tuvo que dar por concluida la vista cuando él se empezaba a sentir incómodo con aquel interrogatorio inesperado y tenía la mosca detrás de la oreja. Comentó que había olvidado la mochila y es el único sitio que nuestro grupo no revisó. El registro de su casa fue inútil, aunque entramos en cuanto nos informaron de lo del sobre. Es una pista como otra cualquiera, este chico tiene infinidad de amigos en nuestro país y cualquiera podía habérselo enviado. El remitente es un apartado de correos así que sospechamos de inmediato.

—¿Qué? ¿De qué sobre me habla?

—Por lo visto ayer por la mañana recibió un paquete por mensajería. No sabemos que era, pero de acuerdo con el albarán no pesaba más de doscientos gramos. Fotos, papeles, una cinta de video, un DVD, algo así. Lo curioso no es que proceda de Estados Unidos sino que venga de un apartado de correos. Alguien se tomó muchas molestias para no ser descubierto.

—Vaya, que curioso ¿Qué hemos hecho para localizar ese sobre?

—Entramos en casa de Núñez hace unas tres horas. No había nada.

—¿Y del apartado de correos? Tenemos que saber quién lo alquiló, no puede ser difícil.

—No es tan sencillo. Se contrató por internet. La persona paga por adelantado el tiempo que considera que necesitará la dirección, y luego deposita los documentos en cualquier oficina de correos del país sin necesidad de identificarse. Es cuestión de horas que conozcamos desde dónde se contrató, pero de momento no lo tenemos.

—Es una buena pista, consignan esa información lo antes posible— dijo el Secretario de Estado mientras cambiaba el gesto de operativo a político—. Sólo una pregunta, oficial. ¿Tenemos todos los papeles en regla?

—¿Señor?

—Se lo preguntaré de otro modo. ¿Tengo que ir preparando muchas excusas para el Ministro español correspondiente? No nos interesa llevarnos mal con ellos, somos amigos o al menos debemos aparentarlo.

—Bien señor, el registro de su casa fue limpio. Lo dejamos todo en su sitio y no creo que haya notado nada. Tal vez mañana cuando despierte vea algo fuera de lugar, pero sería una pura casualidad. El incidente del metro, pasó desapercibido para los pasajeros. En cuanto a lo de dentro de un rato, intentaremos que se haga lo más suave posible.

—Será mejor así. La situación es muy delicada, la mitad de servicios de inteligencia del mundo están al tanto de que andamos detrás de algo gordo y la prensa por aquí empieza a preguntarse dónde ha ido el hombre más rico del mundo y por qué demonios le estamos buscando. Estoy harto de dar largas al presidente. Tel Aviv se está cansando de nosotros y dicen que actuarán por su cuenta, lo que complica aún más la situación. Ya saben cómo trabajan, ante la más mínima sospecha de ataque a Israel, actúan sin contemplaciones. Por no comentar lo que sucedería ante un encuentro, llamémoslo fortuito, con sirios o iraníes, acabaría en un escándalo y los responsables de apagar el fuego seríamos nosotros. El gobierno español está al tanto únicamente de lo que nosotros queremos decirle pero nos hará responsable de cualquier cosa que salga en la prensa. Son conscientes de todo esto, ¿verdad?

Los tres asintieron.

—Gracias. Señores, ¿tienen alguna cosa más? Aquí va siendo hora de meterse en la cama.

Ambos directores se miraron poniendo cara de asombro y estupefacción. No estaba previsto recibir una pregunta directa y todo lo que se salía del manual, hacía tiempo que no estaban capacitados para responderlo. Finalmente, utilizaron el recurso más socorrido, mirar al becario. En este caso el becario tenía diez años de experiencia militar.

Williams se sintió aliviado al comprobar que los inútiles no son únicos de Estados Unidos.

—No tenemos ninguna novedad más. Si da su aprobación procederemos a entrar en el bar.

—Adelante. Diga a sus muchachos que tenga cuidado.

Descolgó el teléfono.

—Chicos— informó—. Adelante.

19

York, 1623

Sigilosamente, abandonó la habitación y una vez fuera, en el piso de abajo, se calzó sus botas. Hacía tiempo que no quedaba nadie en taberna. La dueña se había retirado a la vivienda contigua, dejando al mando al pequeño chucho que guardaba la puerta. Caló el chapeo, y fuese. No necesitaba ocultarse mucho, ya que a aquellas horas y con el frío que sacudía la ciudad, nadie sin una buena razón saldría de casa.

Encaró la calle y una vez llegada a su fin, giró a la derecha y se encontró junto a su destino, la Iglesia de la Santísima Trinidad.

Unos años atrás, cuando no era el heredero al trono sino un chico enclenque y débil que, de no ser hijo del Rey, sería el hazmerreír del resto de los muchachos, ni siquiera podía haberse levantado de la cama sin ayuda. Siempre rodeado de sirvientes y médicos tratando de que no enfermara y de estirarle las piernas.

—¡Maldita sea, he sobrevivido a todos mis hermanos!—pensaba.

El Rey, pasaba la mayor parte del tiempo alejado de sus hijos, si bien se hacía acompañar por su hermano mayor pero a la muerte de éste, un nuevo desprecio. Su padre nunca le pidió a Carlos que le acompañara, ni siquiera cuando fue nombrado Príncipe de Gales, hasta cuatro años después. Tal vez, no contaban con que la naturaleza decidiera que el más frágil de sus hijos, finalmente, sería un joven fuerte y guapo que ceñiría la corona anglo escocesa.

Durante aquellos años de enfermedad y tristeza, sólo era feliz cuando visitaba York. Por ello, durante su infancia, sólo esas visitas a York, seguido de su séquito, honrado por todos y cada uno de sus habitantes, agasajado por artesanos y comerciantes y recibido con solemnidad por las autoridades religiosas, le proporcionaban su pequeño momento de atención y de gloria. Allí, su más viejo maestro, le condujo a la Iglesia en la que había sido ordenado sacerdote de la Iglesia Romana, cuando serlo en la Isla no significaba cierta inseguridad para la continuidad física del cuello y la cabeza. Aquel lugar, le sobrecogió desde la primera vez que lo vio.

Casi diminuta, encajada en medio de la ciudad, se levantaba, pidiendo perdón al resto de edificios, la Iglesia de la Santísima Trinidad. Una única y pequeña nave, hacía las veces de sacristía, altar, y púlpito y justo detrás, se levantaba el campanario. A lo lejos, la torre de la Catedral de York, ponía de manifiesto la insignificancia material de este lugar.

Él, que conocía Westminster y Nötre Damme, entendía la religión de Cristo al llegar a aquel templo. Nunca se coronarían reyes ni emperadores, pero las almas encontraban sosiego y serenidad.

El Padre Blacksmith le esperaba. Algunos decían que ya era viejo cuando, en un arrebato o un calentón, según se mire, Enrique VIII decidió que aquello del Papa de Roma no iba con él y prefirió romper con todo por aquella muchacha apellidada Bolena, de nombre Ana, que Dios guarde en su gloria. Su alma y su cabeza.

Pactos con el diablo aparte, si los hubiere, rezumaba inteligencia y sabiduría por todas las esquinas. Todas sus palabras, meditadas y curadas por el paso del tiempo, decían exactamente lo que significaban sin dejar lugar a segundas interpretaciones. Tras muchos años en la corte, harto de la las dobles intenciones, resolvió que haría lo posible por dotar a cada palabra del entorno necesario para que nunca pudiera ser maliciosamente interpretada.

—No deben quedar dudas al interlocutor sobre lo estúpido que es— afirmaba para escarnio de aduladores y tiralevitas.

20

Madrid, 2006

Desde el momento en el que puso el pie en la calle supo que pasaba algo raro. Al llegar a la taberna dos coches de policía bloqueaban la puerta con otros dos agentes de uniforme que trataban de impedir que los vecinos supieran de primera mano qué había sucedido, consiguiendo, con éxito notable, que la inventiva de jubilados y amas de casa se liberara como si el mismísimo Félix Lope de Vega y Carpio hubiera resucitado.

—No me extraña, ¡hay tanta delincuencia!—decían unos.

—Yo no soy racista, pero con tanto inmigrante…— completaban otros.

—Siempre me olió mal este negocio.

—Le habrán ajustado las cuentas—aseguraban dos señoras que venían del mercado.

—Algo de drogas— juraban los que venían de visitar una obra contigua.

Dentro, Tarso daba explicaciones a dos policías de paisano. El más joven, alto, cuerpo de portero de discoteca, jersey de lana en pico y raya a un lado intentaba buscar alguna pista siguiendo las indicaciones del veterano, aunque más bien se trataba de órdenes absurdas para deshacerse de sus preguntas de academia. Éste, corbata gastada, nudo mal hecho, chaqueta de pana con coderas y pitillo humeante pegado al labio inferior, pretendía pasar la mañana con los menos sobresaltos posibles.

—¿Llamo a los de científica?

—No me jodas, chaval. Busca algo que no debiera estar en una bodega y es suficiente—contestó volviéndose hacia Tarso—. No crea que me tomo su caso a chufla. Pero son muchos años en esto caballero, y estos jovencitos lo arreglan todo en plan Hollywood, sabe. ¿Echa algo en falta?

—Nada en especial, ya se lo dije por teléfono. Yo también llevo muchos años en lo mío y no guardo nada de valor por aquí. Se han llevado alguna buena botella, pero poco más.

—¿Ha notado algo raro últimamente? ¿Tiene algo poco legal entre manos? En fin, no es que esto sea una discoteca pero, ¿trapichean por aquí? No le acuso a usted, pero quizás alguien se dejara algo.

—Mire, aquí no trapichea nadie. Puede traer si quiere todos los perros que tenga en comisaría. Vivo de los clientes de toda la vida, no sólo de la mía sino de las de mí padre y mí abuelo. Aquí vendo vino, cerveza y algún cubalibre de vez en cuando. Ya no me dejan ni vender tabaco, así que por mí pueden irse. Si encuentro que me falta algo les llamaré.

—Bueno, llámenos. Y proteja esto un poco, cómprese una alarma, cambie la cerradura... ¡Niño!, deja ya de olisquear. Si no le importa vamos a ver la parte de atrás.

—¿Qué ha pasado Tarso?—preguntó Jaime desde la puerta.

—Por favor, espere un poco estamos trabajando—contestó el policía.

—No se preocupe, déjele pasar. Es de la familia.

—Como quiera. Vamos niño, echemos un vistazo a lo que queda.

—¿Qué coño ha pasado?

—Ya ves, alguien decidió que no quería pagar.

La voz de Tarso sonaba fuerte y segura, demasiado, pero sus ojos le decían otra cosa.

—¿Cuándo...?— Núñez no pudo terminar la frase.

—¿Un vino?

Entendió que en boca cerrada no entran moscas.

—Sí, claro. Un Ribera si te parece.

—Pues aquí viene.

Cinco minutos después, los dos agentes terminaron su trabajo.

—Hemos terminado señores. Cuídense. Recuerde, llámenos pronto.

—Gracias—zanjó Tarso.

Los dos coches arrancaron y desparecieron rápidamente aunque no tanto como Tarso, que rodeó la barra a toda velocidad y echó el cierre sin dar opción a preguntas absurdas.

—Bueno, ¿me vas a contar que ha pasado y a qué viene tanto secreto?

—Vamos a la cocina, imbécil.

Jaime se sorprendió sobremanera. Primer puñetazo. Todavía no estaban borrachos así que algo debía pasar para que le hablara así.

—Vamos a ver, ¿en qué líos andas metido, Jaime?

—Pues no lo sé. Supongo que en ninguno.

—Mira, tengo mucha mili a cuestas, más de la que te puedas imaginar. Ayer te estaban siguiendo cuando saliste de aquí a mediodía, no uno, sino dos coches y por la noche lo mismo y juraría que una furgoneta también. Cuando te fuiste a Estados Unidos no eras más que un cerebrito y ahora se te caen los billetes. ¿A qué te has dedicado?

—A nada, tío. Te lo aseguro. Nada que no sepas, he hecho mucho dinero pero está todo en sitios legales, me pagaban muy bien, eso es todo.

—¿Pero de qué guindo te has caído? Nadie suelta tres millones de dólares por un finiquito si no se lo manda un juez. Esa empresa no es trigo limpio, créeme. Y el dueño menos. Ha desaparecido, ¿lo sabías?

—Si lo sabía pero, ¿cómo lo sabes tú?

—Lo sé y punto. Aquí no han entrado vulgares chorizos. Nadie querría robar aquí, y menos con el cierre echado. Con clientes dentro todavía sacarían algo pero así no, a ningún cholo le interesa el vino, por lo tanto buscaban algo y yo sólo tengo bebida. Han abierto el cerrojo sin romperlo, es un candado muy antiguo, de cuando mi abuelo abrió el negoció, son fáciles de romper pero conseguir que se abran sin más.... Hay que ser muy bueno o tener aparatos que, sinceramente, ningún chorizo de por aquí gasta. Así que...

—Pues lo que han dicho, buscaban algo.

—Efectivamente. ¡Esto!

Se agachó, sacó su mochila y se la lanzó a Jaime. Segundo puñetazo.

—¿Los papeles del banco?

—Lo que Dios te regaló para la ciencia te lo quitó del sentido común. Hay un sobre. Viene de Estados Unidos, remite un apartado de correos. ¿Sabes lo que significa eso? Acierta por una vez.

—Supongo que intentan ocultar su origen.

—Muy bien. No todo está perdido ahí dentro—dijo señalando el cerebro—.Vas a abrirlo.

Jaime no se hubiera imaginado esta escena ni leyendo la mejor de la novelas de John le Carré. Tarso, estaba enfadado pero sabía de lo que hablaba y Núñez querría saber por qué. El sobre, marrón de tamaño folio no pesaba mucho más de cien gramos. Lo abrió y extrajo el contenido. Una carpeta de plástico, transparente, de las que tienen uñero, contenía unas veinte fotocopias que cambiaron su gesto de inmediato.

—¿Has visto al demonio Jaime?

—Son códigos de hospital, pacientes, origen, y su correlación con otros..... códigos. No sé, puede que sean.... Tendría que estudiarlos. Debo irme—balbuceó.

21

York, 1623

Carlos avanzó sobre la pequeña puerta que daba a la sacristía. Al fondo, volcado sobre su pupitre, como una sombra en la esquina de un callejón, estaba su querido maestro.

—Me dicen que vais en busca de esposa, Alteza—inquirió en la oscuridad sin más preámbulos.

—¿También veis a través de la capucha? Nunca dejareis de sorprenderme, Padre.

—Alteza, cinco sentidos. Recordadlo, son cinco los que nos dio Dios, y no sólo uno. Bien harías en tenerlo presente durante todo vuestro viaje.

—Quizás algunos tengan más—respondió Carlos.

—Quizás algunos tengan menos de lo que creen.

—Vuestras fuentes serán siempre una incógnita para mí. Espero que me sean de utilidad cuando sea el Rey. De momento, prefiero no preguntar, y mucho menos saber quién os cuenta aquello de lo que mi padre tiene apenas conocimiento.

Blacksmith, esbozó lo que parecía una sonrisa en medio de una arruga generalizada e indicó al Príncipe que tomara asiento junto a él.

—Sí, seguí vuestro consejo y pedí a Villiers que me ayudara a conquistar a una infanta española. No quiero tener que pasar el resto de mí vida aparentando también en la cama.

—Hacéis bien, Carlos. Me agrada saber que deseáis conocer una devota de la verdadera religión. Pero, no lo tendréis nada fácil. Sería un matrimonio detestable para muchos ingleses, y para un número importante de escoceses y, como suponéis, lo será mucho más para los españoles. Sufriréis mucho para conseguirlo y dejadme que os sea sincero, no lo lograréis, con casi total seguridad.

Carlos no pudo sino sentirse herido. Esperaba que el Padre Blacksmith fuera su mayor ánimo. Quién mejor que él, que ocultaba su verdadera fe, tras los muros de aquel pequeño templo, para animarle y desear lo mejor en esta aventura.

—No digáis eso, amigo. Arriesgo mucho en esta empresa. Pensé que me apoyaríais.

—Y os apoyo, joven amigo. Es cierto, arriesgáis mucho. Principalmente la cabeza—puntualizó—. Sería un milagro que simplemente llegarais a España. Andad con mucho tiento en Madrid. Si pensáis que nadie sabe de vuestras intenciones, estáis profundamente equivocado. Sé que os esperan, la capital del Imperio es un nido de matarifes a sueldo y la Inquisición no tolerará que un hereje, por muy Príncipe que sea, tome por esposa a una hermana de su Católica Majestad, a menos que públicamente confirméis vuestra fe…. Pero supongo que seguís esperando reinar en esta querida y húmeda isla y, por el momento, sentarse en la Piedra del Destino siendo católico confeso no es muy seguro.

—¡Pero si soy tan católico como el mismo Papa!—gruñó enrabietado Carlos.

—Mi querido alumno, dos cosas habéis de tener presente, la primera, no os comportéis como un niño malcriado, aunque lo seáis, pero hacerlo os coloca un peldaño por debajo de cualquier campesino. Y la segunda, sois católico sí, pero sólo a los ojos de Dios, ningún hombre aparte de mí o Villiers lo sabe. Así que usad la cabeza, si no queréis que algún día os la corten. Recordad, haced caso a Buckingham, tened la mano cerca de la espada, y procurad tener los pies ligeros. Estos os librarán de más de un disgusto. Nadie sabe quien sois, por lo tanto vuestra honra estará a salvo si tenéis que poner pies en polvorosa.

Carlos decidió callar y calmarse. El lugar invitaba a ello. No había valorado los peligros que podrían acecharle en este viaje, simplemente se dejó convencer por dos amigos y por sus fantasías, imaginándose rescatando a Elena, sin necesidad de degollar troyanos, o matando gigantes para Dulcinea, como en aquel divertido libro con el que Blacksmith le enseñaba español. Nunca, ironías de la vida, había pensado en perder la cabeza, en el estricto sentido físico. Su condición de heredero, le hizo olvidar que las espadas no distinguen si la sangre es roja o azul.

—No vine para hablar de algo ya decidido, amigo mío, simplemente os traje un regalo—concluyó–. Tomad, quisiera que este cáliz, formara parte de este templo.

22

Madrid, 2006

Salió a la calle aturdido, entre la sorpresa y el miedo, al fin y al cabo no era más que un simple científico, el cine de espías le quedaba muy lejos y sus deudas con la justicia no iban más allá de una multa por no pagar la contribución. Necesitaba tiempo y tranquilidad para analizar lo que había en el sobre. Era una persona de ideas brillantes y rápidas pero muchas veces equivocadas, lo que para él siempre tenía ventajas, aunque para otros como Jones, mucho más reflexiva, sólo eran inconvenientes. Muchas buenas ideas y una genial es mejor que sólo una, decía él. Una sola buena idea es un ahorro de energía, respondía ella. El problema era que la idea que se le ocurrió nada más ver el contenido del sobre no le gustaba nada, principalmente porque las iba a pasar canutas en los próximos días si la teoría se convertía en realidad. Algunos otros también iban a tener serios problemas para seguir respirando, pero su cuello estaba el primero en la lista.

—Ahora sí que me sigue medio planeta—pensaba mientras confundía a cualquier señora con un agente del KGB—. ¿Por qué cojones tiene que pasarme esto a mí?

En el fondo tenía mucho que perder, olvidado ya el trauma de la muerte de su familia y sin una novia ni nada que se le pareciera a la vista, dinero, amigos y ninguna responsabilidad eran sus bienes más preciados.

Al llegar a casa subió por las escaleras. Lo había visto en alguna película de espías y pensó ponerlo en práctica para la ocasión, y aunque trataba de tomarlo con humor, tenía los nervios a flor de piel. Al abrir la puerta se le vino el mundo encima y, concretamente, un tipo gordo y grande que le agarró sin contemplaciones por la espalda, retorció su mano derecha noventa grados y le tapó la boca con la otra. Intentó defenderse pero las posibilidades eran nulas así que decidió guardar las fuerzas para mejor ocasión.

Esperaba que lo matara o le pegara un golpe de esos que se recuerdan toda la vida, pero le condujo al salón de forma bastante amable dadas las circunstancias.

Dos tipos, con corte de pelo militar le esperaban en su sofá junto al premio gordo del día. Jones.

—Señor Núñez, le ruego disculpe este pequeño asalto. Espero que mi amigo Jake, no le haya hecho daño. No es nuestra intención incomodarle...

—Pues se está luciendo—interrumpió Jaime mientras se soltaba de un empujón de su amigo Jake.

—Mi nombre es Williams, Comandante Eugene Williams, pertenezco a una Agencia de seguridad norteamericana...

—Puede llamarla CIA, veo la televisión—interrumpió otra vez.

—Me parece muy bien, pensaba que ustedes los científicos no veían la caja tonta. Bien, él es nuestro agregado en España—dijo señalando a un trajeado señor con el pelo engominado y gafas de sol—me permitirá que no le diga su nombre. Y creo que ya conoce a la señorita Jones.

—Nunca dejarás de sorprenderme, bonita. ¿No te llegaba el sueldo que te buscaste ingresos gubernamentales? Y qué, seguro que sabes quién mató a Kennedy. Tienes que decírmelo, por favor, sabes que las conspiraciones me encantan.

—No sabes de qué estás hablando. El viejo anda en negocios sucios, lo sabes, o al menos lo sospechas como muchos de los que allí trabajamos.

Su voz sonaba sincera pero su rostro trataba de decirle algo.

—No me digas. ¿Y te ofreciste tú o te buscaron ellos?

—Señor Núñez, entiendo su malestar pero Elizabeth no ha hecho nada malo. La formamos para trabajar allí y no salió mal, ¿verdad? Tenía madera para ello.

—¿Desde el principio? Vaya, vaya yo pensaba que ustedes los espías no tenían paciencia, pero veo que sí. Y, ¿decías que Cooley iba a provocar el fin del mundo? Por cierto, yo creo que tampoco llegamos a la Luna, fue un montaje para ganar a los soviéticos, ¿tú sabes algo?

—Qué capullo eres. Estás al tanto, tan bien como yo, de que no sabemos a qué nos dedicamos durante todos estos años—contestó una acalorada Beth.

—Señor Núñez, lo que queremos decirle es que nos ayude a encontrar el motivo de su labor durante tantos años. Hágalo por usted.

—¡Qué cabrón! es bueno este tipo—pensó Jaime observando a Jake y su nuevo cambio de look desde el incidente del metro—. Pues ya me diréis que queréis que os cuente.

—Información, datos, sospechas, lo que sea.

—Pues le repito que no sé nada. Teniendo a quien tienen en su equipo sabrán casi todo de todo a lo que nos dedicábamos. No dispongo de nada más que ofrecer.

Mentía, pero se sentía orgulloso, estaba seguro de que no se le notaba.

—Miente.

—¿Perdón?

—Miente.

—No—respondió acusando el golpe.

—Déjeme que se lo explique mejor. Obviamente no somos los únicos que estamos detrás de su antiguo jefe. Hay otras agencias y otros países dedicando muchas horas a esto. Probablemente nos estén grabando incluso. Pero, tenga claro un par de cosas, tiene mucha suerte de que sea con nosotros con quien esté sentado. Generalmente cuidamos a nuestros amigos como usted, al estilo occidental, ya sabe, respeto a sus derechos y tal. Créame nuestros perseguidores no son así. ¿Recuerda a su compañero Higgins?

—Debe estar pegándose unas buenas vacaciones. Siempre quiso ir a Egipto.

—No pasó de México, estuvo en Tijuana y allí se quedó para siempre. Murió a golpes y luego lo dejaron en un cuarto pudriéndose mientras se lo comían las ratas. Quienes le interrogaron siguieron otros métodos. Nosotros también los conocemos pero preferimos preguntar primero y luego valorar otras opciones—dijo mientras a Jaime se le abría la boca del susto—. Tranquilo, no se preocupe, no tenemos intención de matarle.

—Se lo agradezco, de verdad, tengo bastante apego a mí vida No es por no colaborar, pero no sé nada que no les haya contado ella. Beth buscaba nuevos fármacos a la carta en función de lo que Cooley y su hijo le pedían. Higgins y yo buceábamos en las muestras de ADN que nos pasaban. Él buscaba como podrían combinarse sin necesidad de secuenciarlas todas seguidas y yo trataba de localizar originalidades, rarezas, singularidades, ya sabe.

—¿Y encontró muchas?

—Sí, claro, encontré bastantes. Solamente continué con mí teoría sobre el ADN basura. Yo creo que se reduce a un porcentaje infinitesimal, quizás unos pocos pares de bases que arrastramos durante la evolución, nada más. El resto es útil, lo que no quiere decir que todo codifique para proteínas. Y creo que tengo razón, es más, hay secuencias que funcionan como señalizadores unas veces y otras codifican para sus propios aminoácidos. Es muy curioso. Al menos para mí. Quizás les estoy aburriendo.

—No, ni mucho menos, tengo cierta formación en ciencias, no como la suya pero entiendo lo que dice. Siga por favor.

—No tengo más que decir, de verdad, a eso me dediqué casi nueve años. Encontramos muchas secuencias repetidas, esto me sorprendió y generamos algunos patrones para encontrarlas y reproducirlas. No lo teníamos muy claro pero muchas de estas secuencias eran para proteínas similares a las enzimas que participan en la síntesis de hemoglobina. Repito, simples curiosidades científicas, al común de los mortales les importa un pijo este tipo de cosas.

—¿Nunca se preguntó para que servían esos descubrimientos?

—Pues la verdad, no. Me pagaban estupendamente, como a un ejecutivo de una petrolera, mi trabajo era interesante y claro que me hubiera gustado conocer que se hacía con él, pero la verdad me sentía bien así. Siempre nos pareció raro pero bueno, era él el que ponía la pasta y tenía derecho a gastarlo como quisiera.

—¿Sabe que Cooley fue un oficial nazi?

Nuevo puñetazo. No ganaba para golpes durante esa mañana. Y éste era bastante fuerte, su descabellada teoría alumbrada en la taberna más destartalada de Madrid comenzaba a no serlo tanto.

—No, no lo sabía, siempre se rumoreaba en la prensa sobre su origen europeo pero nada más. ¿Tú lo sabías?—preguntó a Jones.

—Sí, ese era el motivo de mí infiltración.

Sus ojos volvían a decir lo contrario y miraba fijamente a Jaime.

—Recibió un sobre ayer sobre las doce del mediodía. Procedía de Estados Unidos. ¿Qué contenía?

Menuda pregunta. Se dio cuenta de que no estaba preparado para los juegos de espías. ¿Qué podía contestar? Dijera lo que dijera se iba a meter en un buen lío, además no sabía quién era el tipo que tenía delante. Durante unas décimas de segundo que parecieron minutos miró a sus interlocutores. El hombre engominado no decía nada, sólo parecía tomar nota de todos los gestos, no únicamente de los suyos sino también de sus agentes, aparentaba llevar muchos años sentado en sillón pidiendo café a su secretaria y atendiendo a reuniones estúpidas. De Jake, su aspecto lo decía todo. Williams, sin embargo, le ofrecía confianza, estaba seguro de sí mismo y eso le gustaba. Agente norteamericano decía, pero si lo que creía era cierto, donde mejor estaba su teoría era en el fondo del mar, en una caja de plomo, donde ningún gobierno lo encontrara jamás. En cuanto a Jones, su mirada le perturbaba constantemente, no sabía lo que quería decirle pero algo había que no iba bien. Se disponía a cantar como un pajarillo cuando los ojos de Beth volvieron a cruzarse con los suyos, así que haciendo uso de la vieja teoría de la boca, las moscas y los portaaviones, decidió cambiar de discurso.

—Está en la basura. Lo tiré ayer a la salida del metro, cuando aquí, su amigo el marine y otro tipo me seguían. No contenía nada en especial. Hace un mes compré una agenda electrónica por Internet, a una tienda de California. Era su catálogo nuevo.

En su cabeza, esta trola chirriaba por todos sus vértices, pero parecía que había confundido a Williams. Éste no esperaba una respuesta así y parecía desorientado.

—¿Está seguro de lo que acaba de decir? Es muy fácil de comprobar si miente.

—Compruébelo si quiere, seguro que no le costará mucho. Son la CIA, ¿no?

La mirada de Jones había pasado del nerviosismo a una calma tensa, parecía decir que habían ganado tiempo, aunque Jaime seguía sin entender nada.

—Señores, aquí no tenemos nada más que hacer entonces. Le llamaremos alguna vez, sin duda. Esté localizable, se lo agradeceríamos— dijo un Williams pensativo al estrechar la mano de Jaime.

—Aquí estaré. Bueno Beth, ya me contarás como es eso de ser un 007. Siempre te gustó mucho más Moore que Connery, ¿verdad?

—Gilipollas.

23

Warwick, 1661

A William Knitter la fortuna le había sonreído.

—Quizás este año pueda comer todos los días—pensó.

De profesión pobre, ladrón, timador, estafador y bandido. Todo a tiempo parcial, sin contrato fijo, dependiendo del momento. Tras la guerra civil se dedicaba a saquear tumbas. Sus hermanos puritanos, y los más realistas que puritanos, llevados por la locura absurda de Cromwell, habían saqueado, robado y profanado todo lo habido y por haber, así que, ¿qué mal hacía él removiendo aquellas fosas comunes en que los ejércitos escondían sus particulares vergüenzas morales? ¿Acaso le importaba al Lord Protector la vida de aquellos a los que había dejado enterrar de manera tan poco decente? Su tan traído y llevado evangelio, ¿estaría conforme con ni siquiera procurar una sepultura cristiana a aquellos cuyas casas habían sido quemadas por su simple deseo?

Así que no sentía la más mínima culpabilidad por aquello. En las afueras de Cork, en el camino hacia Anlwick, había encontrado otra fosa. Al menos veinte cuerpos. Hombres en su mayoría, aunque también pudo distinguir un par de mujeres e incluso un bebé. Por sus ropas, todos ellos campesinos, excepto uno que parecía sacerdote. Católicos. Probablemente el motivo de su muerte. No había mucho que sacar a primera vista, unas botas nuevas, tres abrigos que se podrían vender por algo de dinero y dos monedas que escondía el vestido de una de las mujeres. Estaba siendo un invierno especialmente frío y los cuerpos se encontraban prácticamente incorruptos, conservando, algunos de ellos la expresión de horror de la muerte. No fue fácil abrirse paso, ya que la terrible humedad de la comarca había impregnado todas sus ropas, aumentándolas considerablemente de peso. Fue entonces, cuando revolviendo entre las pertenencias del sacerdote, se encontró con su milagro personal. Antes de tocarle se santiguó y sintió como no sólo las tripas se le revolvían, sino también la conciencia. Bajo la sotana, en una bolsa atada a la cintura y pegada al muslo derecho, encontró cinco monedas de oro. Españolas, concretamente, así que su valor sería bastante más elevado, aunque levantaría más sospechas. Eran muy buenas monedas, acuñadas a mayor gloria de su majestad Felipe III, hijo de áquel al que los elementos no permitieron conquistar su isla. Suficiente para viajar a Londres y dormir y almorzar caliente varias veces al día, y es que ya no recordaba cuando fue la última vez que comía un buen guiso recién hecho. Pero sin duda alguna, lo que le convertiría en el más rico y Señor de todos los maleantes de Northumbría, era aquella copa de oro, como las que veía de niño en la iglesia, reluciente, deslumbrante, que por más veces que la mordía, como queriendo despertar de un sueño, nunca se deformaba. Le sorprendió que aquel objeto de gran valor se encontrará allí, ya que los soldados, de un bando y de otro se esmeraban en arrancar hasta los dientes, si era preciso, a sus víctimas. Estaba envuelto en un lienzo rico, que a pesar de la tierra y el agua conservaba su original valor. Además, aquella hermosa copa conseguía que cualquier viejo trapo pareciera el mejor de los tapices.

Guardó su golpe de suerte y se sentó bajo un enorme roble. Iría hacia el sur, buscando el ajetreo de comerciantes y sinvergüenzas que se dirigen a

Londres y así tendría más posibilidades de intercambiar todo aquello por algo de origen menos dudoso.

Pero, lo primero de todo, era cambiar de aspecto, si no quería levantar demasiadas sospechas. Un baño, botas, jubón y afeitado le hicieron parecer una persona decente. En un viejo caballo que él mismo lavó y peinó y que le parecía el mismo Bucéfalo gastó parte de su primera moneda. Luego, ya pudo permitirse dormir en las mejores posadas sin que nadie avisara al alguacil o simplemente le robara y matara sin dar más explicaciones que a Dios.

Tras varias jornadas de camino, llegó a la preciosa villa de Warwick. Él, rufián del norte, siempre había oído a sus meridionales colegas hablar de los tiempos en los que el Duque de la ciudad era el encargado de coronar o encerrar a los reyes ingleses, según su ánimo. Amparado en su castillo, dirigia sus tropas en contra de quien se opusiera a sus intereses. Actualmente, las cosas habían cambiado mucho, pero el castillo seguía siendo uno de los más impresionantes de todo el sur. Por ello, y dado que el dinero ya no era un problema trató de buscarse un alojamiento lo más cerca de las habitaciones del Duque. Rodeando la parte este del edificio, junto a las cuadras desde donde salía la leche para los habitantes de la fortaleza, William encontró un buen lugar para pasar la noche. El Gallo Rojo debía de ser un buen sitio, de lo contrario no habría en la puerta tal cantidad de caballos y carros.

—Querría una habitación—solicitó a la dueña.

Ésta desconfió del aspecto de Knitter y es que la pobreza y el sufrimiento se graban a fuego en la cara, y un buen baño no lo cambia y quizás, ni toda una vida de lujo.

—No tenemos nada disponible en este momento. Tal vez en otro establecimiento puedan ayudarle.

El olor de los platos que allí se servían le turbaba, tantos años de hambre no habían conseguido aplacar el ansia de comer. Daría lo que fuera por sentarse en aquellas mesas.

—Aquí tiene señora. Seguro que puede encontrarme un buen cuarto, limpio, caliente y con una cama mullida. Pagaré por adelantado tres días, tal vez, sólo me quede dos.

24

Madrid, 2006

—Buenas noches, Tarso.

—¿Ya te marchas?

—Sí, ha sido un día muy largo, necesito descansar. Todo esto me viene un poco grande. La CIA, ni más ni menos…

—Será que lo merece.

—Pues depende, ya sabes que tengo ideas extravagantes, pero si lo que dice este sobre es cierto y lo que tengo en la cabeza también, estoy en un buen lío. Pero lo de los americanos me acojona, entiéndeme, quiero decir que yo no soy más que un pobre pringao de barrio al que se le da bien la biología. Joder, cuando ese tipo me agarró, me cagué encima.

—Tuviste suerte de que fuera la CIA. Otros no se hubieran andado con tantos remilgos. Sólo te interrogaron amablemente, no te quejes.

— Me llevo el sobre, tenías razón. Aquí ya no lo buscarían. Estás muy puesto en cosa de espionaje para ser un tabernero.

—Somos muy viejos ya, chico. Escúchame, ten mucho cuidado. Hay otro coche aparcado en la esquina de detrás desde hace dos horas. No son los mismos.

—¿Pero como coño sabes tú eso?

—Lo sé y punto, no preguntes. He leído mucho.

—Venga, no me fastidies.

111

—Vete a casa directamente, sólo te están vigilando. Si hubieran querido cogerte lo habrían hecho hace tiempo.

—Sólo, dice. ¿A ti te vigilan a menudo?

Por primera vez en mucho tiempo, la taberna no había conseguido que sus problemas se fueran al otro lado del mundo. Vivir sin complicaciones era lo que había querido desde que tenía uso de razón. Se fue a América para vivir una aventura, pero no hubo un solo día que no pensara lo tranquilo que estaría en su casa, en su ciudad, en las mismas calles de siempre, viendo pasar el tiempo y las caras. ¿Quién coño le había enviado todo aquello? Estaba casi seguro de quién había tenido semejante idea, pero tenía que confirmarlo.

La noche, estrellada, como sólo las hay en Madrid, es decir, sin estrellas, protegía a aquellos que no se sentían cómodos con las miradas ajenas. Había muchos en la capital, gente que se escondía de la iluminación de las grandes calles, sólo por el hecho de ver sin ser vistos, de sentirse vivos sin que nadie lo supiera. Callejeando consiguió despistar al coche que creía le estaba siguiendo.

—Por lo menos me dejaréis entrar en casa tranquilo.

Estaba llegando. Sin embargo, el día no había hecho más que comenzar. De repente alguien tiró de su manga e inmediatamente su corazón quiso salirse del pecho.

—La madre que te parió Beth, ¿me quieres matar aquí mismo?

Su cuerpo temblaba, como su rostro, que estaba aterrado y las manos que no podían estarse quietas, a pesar de tenerlo agarrado por la cazadora.

—Por favor, tienes que ayudarme. Me están siguiendo, me quieren a mí.

—¿Quién te quiere a ti?

—La CIA.

Esto sin duda acababa por descolocarlo. El caso es que las palabras de ella sonaban rotundas a pesar de los nervios y el frío.

—Vamos a ver, ¿qué me estás contando? Trabajas para ellos, digo yo que no te tienen que buscar para encontrarte. ¿Has pasado unas minutas demasiado altas?

—Deja de hacer bromitas. Saben que fui yo quien te envió el sobre.

Aunque la confirmación no dejó de causarle cierto pasmo por producirse en esas condiciones, era lo que sospechaba desde que lo abrió.

—¿No vas a decir nada, Jaime?

—¿Qué quieres que diga? Esta mañana tenía mis dudas pero al encontrarte en casa con tus amigos virginianos, se me han desvanecido todas. Te ha faltado poco para ponerte verde cuando me han preguntado por su contenido. Por cierto, no te he dado las gracias por este regalo. Por favor, no te esmeres tanto para mí cumpleaños.

Beth cambió el tono.

—Te debe de hacer mucha gracia, pero esto es el mundo de los mayores, niño idiota, el de verdad, y aquí las cosas no se solucionan tomando una cervecita con los amigos, sino que probablemente acabes en la tumba. ¿Qué crees, que me van a preguntar sin más por qué les he engañado con esto?

Jaime reflexionó un instante sobre aquello, ella tenía razón, pero si no se defendía irónicamente, acabaría dejándose morir en una comisaría cualquiera, contando una historia que nadie en su sano juicio creería.

—Vamos a casa de un amigo, allí no te buscarán al menos durante un rato—ordenó.

En lugar de girar nuevamente a la derecha, siguieron recto dirigiéndose a casa de Aguilera.

—Verás que alegría se lleva—dijo—. Algo de actividad no le vendrá mal.

Tocaron al telefonillo.

—Soy yo, Jaime.

—¿Qué quieres, tengo cosas que hacer?

—Es una emergencia, necesito subir.

—Vale. Pero no tardes mucho, me iba a acostar.

Cogieron el ascensor y pulsaron para la tercera planta. Lo encontraron en pantuflas, con un batín de seda años veinte, vaso de agua y cara de cordero degollado.

—Te falta la palmatoria, Alberto.

—Un momento, ¿quién es ella? Sabes que en mí casa no pueden entrar mujeres. Lo sabes perfectamente.

Tras su divorcio, no había vuelto a intercambiar una sola palabra con ninguna mujer. Incluso pedía la compra por Internet para no tener que dirigirse a la cajera. Criaturas de Lucifer, decía.

—Lo sé, lo sé y lo siento, pero es una emergencia, no podemos ir a mí casa, ni tampoco a la suya. Se llama Beth Jones, es una antigua compañera de trabajo.

—Encantada.

—Lo mismo digo—dijo sin apartar la mirada de Núñez—. ¿Sois unos delincuentes o algo así?

—Todavía no.

—¿Tiene algo que ver con el robo en la taberna? Bueno, mejor no me lo cuentes por favor. Estoy un poco cansado, me voy a dormir. Quedaos en el salón y no rompáis nada.

—Ves, te dije que se alegraría de vernos.

—Menuda colección de amigos.

—Los mejores—pensó.

25

Londres, 1661

—Dicen que van a desenterrarlo y colgarlo. La verdad es que no se merece otra cosa ese bastardo.

—Señores—interrumpió la señora— en mí casa no se habla de política.

William, sin embargo, oyó la conversación de aquellos dos ricos mercaderes, como el resto de huéspedes que aquella noche se hospedaban en el Gallo Rojo. Aunque el cerdo asado con manzanas, boniatos cocidos, pan recién hecho y cerveza le impedían levantar la cabeza del plato con la frecuencia que su antigua profesión de pillo requería. Pero aquello le interesaba. Si colgaban póstumamente a Cromwel, la ciudad se llenaría de muchísima gente, fisgones, comerciantes y curiosos que convertirían aquel acto de venganza en una feria. Mucho más que en una feria. Cientos de oportunidades para vender el cáliz sin tener que responder a muchas preguntas embarazosas e impertinentes.

Cuando terminó la cena, se levantó y acercándose, les preguntó educadamente. Ambos, al principio miraron con recelo a aquel hombre que no se correspondía con sus ropas, sin embargo William supo hacerse rápidamente con ellos.

—Señores, no he podido evitar los comentarios sobre el muy asqueroso hijo de puta de Cromwell. ¿Es cierto eso que dice? ¿Van a desenterrarlo y darle lo que se merece? Es una pena que no se hiciera a su debido momento. ¡Cuántas vidas se hubieran salvado y qué bien nos habrían ido los negocios!

—Brindamos por eso, señor—dijo uno levantando su copa.

—Hemos oído que se hará el día treinta. El mismo en el que ese mal nacido ordenó colgar a su Majestad Carlos—contestó el más peripuesto de los dos.

—Lo sacarán de Westminster la noche antes, pero todavía no han decidido donde lo colgarán. Tal vez, en Tyburn, ¡para que huela a rata!

Los dos se echaron a reír, y Knitter se unió a ellos.

A la mañana siguiente salió en dirección a Londres. Durante, un par de semanas se alojó en una mala habitación cerca de los muelles. Pasaría inadvertido. Maloliente y no muy limpia, un número importante de golfos londinenses y huidos de toda la isla y parte del continente pasaban allí sus días. Sin embargo, la comida en el piso de abajo era francamente buena y es que no hay nada como una buena propina para que los trozos de carne con gusanos no lleguen a tu plato.

El día treinta de enero, había acordado la cita con un anticuario que no tendría problemas en comprar a muy buen precio.

—Lo que sea—le habían dicho en la taberna.

—No hace preguntas—le recomendaron.

En Tyburn, el cuerpo, o lo que quedaba de él, del Lord Protector de Inglaterra, Escocia e Irlanda pendía desnudo, encadenado ante los gritos de fervor de la multitud que le lanzaba piedras, insultos y escupitajos, los mismos que no muchos años atrás lo elevaron a los altares del omnipotente parlamento. No hay pueblo en el mundo al que no le sirva aquello de a rey muerto rey puesto.

—¿Señor Knitter?

—Supongo que es usted el anticuario Reins.

—Sí, puede llamarme así. ¿Qué es lo que tiene para mí?

Sacó la faltriquera y le enseñó la copa.

Reins, lo observó y sin casi pensarlo, le ofreció una bolsa repleta de monedas.

William, sorprendido por la rapidez con la que se había cerrado el trato, la abrió y no pudo sino dar gracias a Dios por la suerte que le brindaba. Sin duda, había suficiente dinero para vivir a cuerpo de rey durante un par de años y mejor aún, bien cuidado e invertido le proporcionaría tierras para vivir toda la vida.

—¿Entiendo que le parece suficiente?

—Sí, sí—balbuceó—. Es una buena cantidad. En fin, que la disfrute. Buenos días, ha sido un placer.

El anticuario extendió su mano y así lo hizo también él, quien, atontado por lo que llevaba en la bolsa, no reparó en el engaño. Al estrecharse, sintió la fuerza de Reins, atrayendo hacia él su cuerpo de pillo mal nutrido y atravesándolo con el acero. William no tuvo más remedio que aceptar que para algunos la felicidad es algo que está más allá que una inalcanzable bolsa repleta de dinero.

26

Madrid, 2006

—Por favor, bonita, despacito y desde el principio. Empiezo a pensar que mi cerebro no da más de sí.

Estaban sentados en el sofá, él con una cerveza y ella con una tila, empezaba a tranquilizarse aunque sus manos todavía temblaban.

—Me reclutaron al terminar la universidad. Un día estando en la residencia, me llamaron por teléfono. Dijeron que eran de un laboratorio del gobierno y que querían hablar conmigo. Me pareció raro, pero hacía dos días que había leído mi tesis, así que lo consideraba una idea excelente. Me citaron en un edificio de Washington, todo muy blanco, muy limpio y muy desierto. Me seguía pareciendo raro no conocer a ninguno de los que estábamos allí, después de todo pasé cuatro años de congreso en congreso y todas las caras me eran extrañas cuando alguna me debía sonar. Luego, preguntando, ninguno era químico, cada uno tenía una especialidad diferente. Nos pasaron un test de inteligencia y ese mismo día me entrevistaron tres veces más. La última fue una prueba de idiomas y aquello me empezó a aclarar las ideas. No estaba segura de que fuera la CIA pero supuse que por ahí iban los tiros. Alemán, francés, árabe y ruso, uno por cada abuelo, y también chapurreaba español. No debí hacerlo mal, porque de camino al aeropuerto, el chofer recibió una llamada y dimos la vuelta. Entonces me contaron de qué iba todo aquello y que estarían interesados en contar conmigo. En aquel momento me pareció divertido, y era mi única opción ya que no tenía nada después de doctorarme.

—Creí que eso sólo pasaba en España.

—Pues allí también. Una semana después nos convocaron en Langley y durante tres meses recibimos el curso inicial. Luego nos asignaron a un proyecto...

—Que cachondos, un proyecto. ¿Así lo llaman?

—Sí, así lo llamaban. Casi un año antes había caído el muro y temían por una fuga de algún que otro genio, así que pensaron en mandarme a Moscú. El ruso es el idioma que mejor hablo aparte del inglés y desde el principio lo tenían muy claro. Recibí otro mes de formación específico para esa misión, me buscaron un puesto en la universidad y me compraron los billetes. Pero justo un día antes del viaje todo se canceló o al menos eso me dijeron. La verdad es que nunca pregunté si alguien fue en mí lugar. Me llamaron al despacho del jefe de operaciones y allí estaba junto con su homólogo del FBI. Mi formación les venía al dedillo por aquello de las competencias gubernamentales. Yo no entendía por qué querían infiltrar gente en la Cooley Corporation y al principio pensé que se trataba de tener a alguien en las empresas grandes del país, algo así como un gran hermano empresarial, pero fue todo lo contrario. Tenían alguna fijación con él porque me dijeron que no estaría yo sola, y que era importante que no me descubrieran. Cuando me presenté a las entrevistas en RTP, no me lo podía creer. ¡Era el trabajo que habría deseado! Me sentía un poco rastrera, sobre todo cuando en el comedor nos informaban de que habían localizado a algún agente del FBI en la compañía y yo era la primera en insultarles más y más alto, encontraron a más de quince durante estos años, y por lo visto yo fui la única que llegó hasta el final. El resto de mí historia allí ya la conoces, acumulé unos cuantos méritos y acabé dirigiendo mi departamento.

—Y, no es que no me parezca interesante este tostón que me acabas de contar, pero, ¿en qué momento decides meterme en este follón?

Jones, se lo tomó con calma, quería despertar su imaginación.

—Espera un momento. Yo tampoco sabía lo que buscaba, ni en mí área ni en la de Cooley. Mis jefes sólo me decían que sospechaban que algo se cocinaba allí, no sabían más, pero tenían claras varias cosas: por muy rico que se sea no se destina el veinticinco por ciento de tus ingresos a un chiringuito a fondo perdido, en el que, ni siquiera, los directores de los únicos tres departamentos, que informan semanalmente al hombre más rico del mundo, saben a qué se dedican. Los mejores medios, extraordinaria financiación, sueldos inmejorables, y nadie sabe a qué se dedica. Algo no encajaba.

—¿Y bien?—respondió Jaime con su inigualable capacidad de poder desquiciar al hombre más tranquilo del mundo.

—Y bien, nada. El mundo había cambiado y los enemigos ya no eran los de antes, así que a más de uno se nos ocurrió que quizás su pasado tendría algo que ver. Pero nunca llegamos a ninguna conclusión. Hasta que despidió al pobre Higgins y no le remplazó. Detectamos una trasferencia de dos millones y medio a su cuenta y sospechamos que algo pasaba, lamentablemente no fuimos los únicos y lo mataron como a una rata. No pudo ni gastar un centavo del dinero que le dio el viejo.

—Por favor, para ir haciéndome a la idea, define como a una rata.

—¿También esto te lo tomas a risa?

—Sigue por favor.

—Al poco tiempo te despidieron a ti.

—Podías haberme comentado lo de la rata cuando me dijiste adiós en tu despacho.

—Estaba casi segura de que nadie iría a por ti. Los que interrogaron a Higgins se dieron cuenta de que no sabía absolutamente nada más a parte de su trabajo. Luego me despidió a mí.

27

Londres, 1779

Otto, caminaba con paso firme. La humedad del Támesis lo estaba matando. Llevaba 5 días en la ciudad, pero todos sus huesos estaban doloridos y le había costado horrores levantarse de la cama. Sólo un día más y podría volver a casa. De hecho, Raymond e hijos, sería la última librería que iba a visitar en su camino de vuelta a casa. Tres meses fuera de su tienda, eran demasiado a sus casi sesenta años. Tras recorrer Madrid, Valladolid, Zaragoza, Tolosa, Burdeos, París, Normandía, Escocia e Inglaterra, diez baúles le esperaban en la última posada, bajo la vigilancia de sus sobrinos, pendiente de alguna pequeña joya literaria que sumar a las ya compradas.

Era un hombre rico. Años y años de duro trabajo le habían colocado en una posición envidiable. De no ser judío, todas las grandes familias alemanas, le tratarían de tú a tú. Recordaba los primeros viajes en busca de libros, durmiendo al raso, bajo cualquier árbol, sabiendo que la mitad de su esfuerzo iría a parar a manos de aquellos banqueros florentinos.

Ahora, sin embargo, podía permitirse el lujo de pagar al momento las mejores habitaciones, las mejores ediciones y la mejor protección. Si no la mejor, si la más decidida a recibir un tajo para proteger el género.

Tras despedirse de su anfitrión, la señorita Irene Adler, dejó el 221B de Baker Street y tras girar a la izquierda enfiló Regent Street.

123

A pesar de su edad, siempre que se dirigía a cerrar una compra, los nervios se apoderaban de él. Los libros eran su vida, y cada nueva adquisición le excitaba especialmente. Además, el catálogo de Raymond e hijos, era impresionante. Principalmente, dos ediciones inglesas de la poesía completa del genial Quevedo, que al César lo que es del César, pasó toda la vida entre insulto y condena a todo lo que oliese a hebreo, pero escribía como el mismísimo Moisés. Sin duda, rarísimos ejemplares, por el simple hecho de recopilar toda una obra en un único volumen.

Pero, por encima de estas y de varias joyas más, como una recopilación de las cartas de Beckett a su, que vueltas da la vida, querido Enrique II, que incluía varios originales, aunque eso estaba por ver y le llevaría buena parte de la mañana comprobarlo, tenía la promesa de poder pujar por dos primeras ediciones del Quijote y por una copia toledana de la Poética de Aristóteles.

A la hora indicada, entró en la librería y pidió al mozo que barría la entrada, que anunciara a Otto Goldman. El chico, tras ofrecerle asiento y refrigerio, entró en el almacén a través de la raída cortina.

Flems Raymond hizo acto de presencia, apoyado en uno de, al menos eso parecía, sus hijos. Compartían el pelo ralo, pelirrojo, pecas, anteojos, manos delicadas y vestido viejo.

Tras los saludos de rigor y sin más retrasos comenzó el trabajo. Otto revisaba cuidadosamente todos y cada uno de los ejemplares que le presentaban. Sin duda, un gran catálogo, sin nada que objetar a ninguna de las joyas, grandes o pequeñas que en aquella casa poseían. Conservadas y cuidadas con especial mimo, estaban todas y cada una de las piezas que revisó.

Especializado en primeras ediciones *Raymond e hijos* gozaba de una gran reputación en Europa y las colonias, especialmente entre una realeza dispuesta a pagar lo que fuera por un buen ejemplar. Primero porque Flems Raymond, era sin duda el primer librero de Londres y probablemente de toda Inglaterra, y segundo porque presumía, y con razón, de no haber engañado nunca a ningún cliente. Si sus catálogos hablaban de una primera edición del Quijote era porque la tenía. Y así la cobraría, por cierto.

Al final de la mañana, tras un pequeño almuerzo con pan, queso, perdiz, conejo asado y cerveza caliente, Otto tuvo la posibilidad de examinar la primera edición del Quijote. Se refería a la primerísima edición, que conteniendo múltiples erratas fue publicada en 1605 por los talleres de Juan de la Cuesta. Raymond se volvió, abrió el pequeño baúl con una enorme llave y sacó una pequeña caja de madera. En ella junto al Cervantes, Otto no pudo sino admirar un pequeño y exuberante cáliz de oro, español también, sin duda. El inglés, extrajo el libro del anjeo, guardó la copa y entregó el ejemplar a Otto que comenzó su examen. Aunque no lo necesitaba, su conocimiento de la obra era magnífico, pidió luz y comparó el texto, página a página, con la lista de equivocaciones que el editor cometió a la hora de la primera impresión.

—Es una obra estupenda—comentó Raymond—. De hecho estoy releyéndola en estos momentos. Pasarán los siglos y seguirá siendo admirada.

—No puedo estar más de acuerdo— asintió Otto—. Como esperaba, no queda más que cerrar el trato. Si está de acuerdo, le pagaré el precio del catálogo por todos.

—Tengo dos ofertas más sobre la mesa por el Quijote, Otto. Una es del segundo hijo del Duque de Chesterton, vive en las colonias y tal como están las cosas por allí, no puedo tomarla en consideración. No querría que el libro se hundiera por culpa de algún barco español o francés. Ni mucho menos no cobrarla—admitió el librero—. Pero la otra, sí, de hecho la oferta es casi el triple del precio de catálogo.

—Mi querido Flems, entiendo perfectamente—contestó el teutón—sin duda lo vale, pero debería considerar la suma total. Me llevo más de cuarenta obras, y no he regateado por ninguna de ellas.

—Lo sé. Sin embargo, vendérsela, me supondría un montón de peguntas que, sinceramente, sólo podrían contestarse con el bolsillo lleno. El pujador es persona de muy importante ascendencia y es difícil negarle algo. He perdido muchos clientes y dinero procedente de las colonias, amigo. El Rey Jorge, no es partidario de que nadie comercie con esos rebeldes y no puedo perder un cliente como ese sin una importante compensación.

Otto, meditó durante un instante. La cantidad era muy, muy elevada. Por otro, podría venderla entre los primos alemanes del Rey Jorge, por más del doble. Aunque donde mejor estaría sería en su casa, ocupando el lugar principal de su biblioteca.

— Sabéis que no puedo resistirme a esta maravilla—accedió—. Si bien me llevaré también esa estupenda copa que estaba guardada junto al Quijote. No sé de dónde la habréis sacado pero parece una delicia española de hace un par de siglos.

—No tiene ningún misterio. El inefable Cronwell, como suponéis. Llegó a mis manos a través de un comerciante de Northumbría. Parece que su abuelo lo consiguió como premio durante alguna batida en la guerra. Un saqueo, vamos. Aunque vale casi tanto como el Quijote, os la podéis quedar. Aquí sólo se llena de polvo.

28

Madrid, 2006

—Demasiado tiempo. Casi dos días sin saber de ti es demasiado, يتــوق.

—No es tan fácil como crees, Abdul. Seguro que nos llevará a la solución, créeme es muy inteligente, sólo tenemos que esperar y seguir sus pasos.

—Confías demasiado en ese gentil.

—Le conozco bien.

—Me preocupa que le conozcas tan bien. Sabes que no es posible otra manera de terminar con esto, llegado el momento tendrás que matarlo.

—Lo sé. No te preocupes.

Anhelo mentía, conocía su misión pero deseaba que el final no fuera el que estaba escrito desde hacía tiempo.

—En el Palacio Presidencial me preguntan constantemente, me estoy cansando de darles largas, hemos de tener una respuesta ya. Si el objetivo existe y es posible, adelante, si no, cuanto menos tiempo gastemos en todo esto mejor.

—Paciencia, nunca os he fallado, me he jugado el pellejo más de una vez, pero esta ocasión requiere paciencia. Cooley no hará nada tan rápido.

—Eso espero, su secreto debe pertenecernos sólo a nosotros, así tendremos una posición dominante. Te lo vuelvo a repetir, mucho ojo con

Núñez. Es sólo un peón. No pasa nada por sacrificarlo, es perfectamente prescindible.

—Tengo que cortar, alguien viene.

29

Berlín, 1925

El invierno estaba siendo muy duro. No sólo las temperaturas lo eran. Hans Kohl tenía demasiado. Demasiados hijos, demasiadas bocas que alimentar, demasiadas deudas y demasiado frío. Y su sueldo como obrero no se estiraba hasta el infinito. Su única hija estaba muriendo y necesitaba pagar al médico, pero no tenía con qué.

La pequeña Anna, la única alegría en un hogar triste y sobretodo pobre, era quien se encargaba de hacer reír a los demás cuando llegaban hartos de las doce horas de fábrica. Pero ahora ya no sonreía. Una horrible tos la estaba matando. No comía, no hablaba y cada día le costaba más respirar. Las últimas cuatro consultas habían sido gratis, pero la buena voluntad del médico se había acabado. O cobraba por adelantado o no volvería a haber más cuidados para ella.

Hans y su hijo mayor, Einrich, enfilaron OranienburgerStrasse. El barrio judío.

—Por muy banqueros que se digan ellos mismos, no dejan de ser vulgares prestamistas, papá.

—Lo sé, pero nadie más nos dejará el dinero que necesitamos sino ellos. Es muy posible que nos vayamos con las manos vacías igualmente. Tengo una larga lista de deudas con Goldman.

Los antepasados de Goldman habían sido dueños de la mayor librería de toda Europa, librero de todas la casas reales de Europa durante casi dos

129

siglos, pero el actual dueño, no era más que una enorme masa de grasa, sucia y maloliente, que había dedicado su existencia a dilapidar el prestigio del apellido en tan sólo unos años. Menos de lo que hubiera tardado en leerse cualquiera de los libros que malvendió por oro, plata o dinero. Por no hablar de los que perdió o quemó.

—¡No quiero basura en mi casa, Kohl! No pienso prestarte ni un mísero marco más—lanzó Goldman antes de que padre e hijo pusieran siquiera los zapatos dentro de la tienda—. ¿En qué gastas el dinero, prusiano?

Hans y Heinrich, entraron en la tienda. Aquello apestaba. Cualquier otro comerciante del barrio se avergonzaría, de hecho ya lo hacían, al ver el estado en el que había quedado la vieja librería Goldman, la más importante de todo Berlín.

—Sabes que mi hija está enferma—indicó sin más   Hans—. Necesita medicinas y médicos, tienes que ayudarme.

— ¿Y eso por qué? Me debes tanto dinero que no podrás pagarme ni en un año. Ya he avisado a la policía y se han llevado tus pagarés. Tendrás noticias en breve, un poco de mano dura no os vendrá mal. Los banqueros honrados tenemos el derecho a que nos devuelvan lo que es nuestro— concluyó golpeando el mostrador.

Heinrich comenzaba a perder la paciencia. Sus ojos azules miraban desafiantes a Goldman. Y sus dieciocho años no entendían de deudas absurdas entre un alemán y un judío, sólo sabía que necesitaba el dinero para que la sonrisa de su hermana les siguiera alegrando cada día.

Tal y como le había explicado su padre, las deudas no eran tantas pero ningún banco prestaría dinero a un pobre obrero con seis hijos. Así que tuvieron que confiar en un prestamista. Recurrieron a él porque Hans le había arreglado un par de estanterías hacía unos meses por un precio simbólico pensando que quizás en el futuro podría pedirle algún favor. Se equivocó. Goldman le había prestado dinero para comprar la cuna de Anna, y le había obligado a firmar un pagaré al treinta por ciento con una nota de incremento del cincuenta por cada día de retraso. No es que la necesitara, pero era su primera hija después de seis varones y quería tratarla como a una reina. El resultado: a día de hoy los Kohl podrían comprar una fábrica de cunas con el dinero que le debían.

—Cobras unos intereses altísimos, lo sabes. Si los pagara no tendría nada que llevarme a la boca. Y son ocho aparte de la mía—dijo Hans.

—¿Acaso no los conocías cuando me pediste dinero hace un mes? Si no puedes pagar no es mi problema.

—Por favor, sabes que pagaré. Hazlo por mí hija, está muy enferma créeme.

—Sinceramente, me importa menos que este lápiz lo que le pueda pasar a tu hija.

Hasta aquí aguantaron las jóvenes hormonas de Heinrich. Cogió a Goldman por la solapa y le incrustó el puño en la nariz que empezó a sangrar abundantemente, mientras su dueño se retorcía de dolor.

—Danos el dinero, basura judía. Yo no te lo voy a pedir otra vez.

Levantó el puño de nuevo cuando un brazo más fuerte y curtido le detuvo.

—¿Que estás haciendo, idiota? ¿Acaso crees que así conseguiremos el dinero? Vamos. ¡Intentemos llegar a casa antes de que llegue la policía!—gritó Hans empujando a su hijo.

—Maldito prusiano asqueroso. Lo pagarás, despídete de tu familia, mañana dormirás en comisaría.

—Quizás tú no puedas dormir nunca más—dijo Heinrich mientras cerraba la puerta.

30

Berlín, 1925

Cinco salchichas blancas, un pan duro, que ya había cumplido dos semanas y una cazuela de berza cocida. La cena para ocho. Siete de ellos pasaban el día trabajando para la fábrica de acero. Los siete estaban muertos de hambre y si aguantaban era por la comida que sus compañeros les proporcionaban a la hora del almuerzo. El Partido se portaba bien con sus camaradas. Y los camaradas Kohl compartían su comida con los Kohl que no formaban parte del sindicato. Hans y Heinrich, padre e hijo eran los únicos que no militaban. El primero porque decía ser muy mayor para manifestaciones, luchas y derrotas de patronos. La propaganda no le convencía, seguiría trabajando toda su vida y la lucha de clases no era para él, triunfara el proletariado o la burguesía, él era pobre y ningún iluminado lo cambiaría, además, si hubiera sido un rico comerciante del Rhin, no desearía que su riqueza fuera objetivo de las masas de obreros, así que él tampoco pretendía lo que no le pertenecía. Un poco simple para los teóricos marxistas y anarquistas, pero a estas alturas su filosofía era más de andar por casa.

Aunque sus seis hijos varones trabajaban con él en la fábrica, ninguno había abandonado su casa y todos tenían los peores puestos. Peones, mozos de limpieza y mensajeros. Todos, carne de Partido. El sindicato decía que sus hermanos rusos lo habían logrado. Con el socialismo hacia el comunismo, la dictadura del proletariado. Todos los hermanos, a pesar de su juventud, o quizás por ello, lo creían. Excepto uno. Estaban convencidos de que Anna moriría esa noche. La fiebre no bajaba y esa tarde había tenido convulsiones. Un médico del Partido había pasado durante la tarde, enviado por sus compañeros. No vería el nuevo día. Su madre no se separaba de la cuna, siempre acompañada de su hermano Heinrich. La adoraba con locura desde el día en que nació. Tras haber cuidado de cinco hermanos, su hermanita era una bendición.

Golpearon la puerta con fuerza. Un inspector y tres policías irrumpieron en el pequeño salón.

—¿Hans Kohl? —preguntó el inspector—. Tenemos orden de arrestarle. El señor Goldman le ha denunciado por una deuda más que considerable. Me temo que tendrá que venir con nosotros. También tenemos una orden contra Heinrich Kohl. Su hijo, creo. Se le acusa de, concretamente, déjeme ver, romperle la nariz. Un buen golpe, sin duda. Ese gordo estaba hecho polvo, si me permite el comentario. Pasará una temporada respirando con dificultad.

Hans se levantó de inmediato. No había necesidad de resistirse.

—Soy yo. Sin embargo, creo que se trata de un error. La nariz de ese miserable la rompí yo. Así que dejen a mí hijo en paz. Mi hija esta muriéndose y él es el mayor. Aquí le necesitan tanto como a mí.

—No estoy por la labor de hacer la vista gorda, Kohl. Tengo dos órdenes, y me llevaré a los dos. Ya se lo aclararán al juez.

Heinrich se puso en pie. Acarició a su hermana y se dispuso a acompañar a su padre.

—Jefe—intervino uno de los policías—yo pude verles desde el otro lado de la calle. Fue el viejo quien golpeo al judío.

—Y decidió en ese momento que no tenía que ir tras ellos, ¿eh, listillo? Ya veo, ya veo, por lo visto hoy queremos ser todos amables Me da igual. Si quiere cargar con todas las culpas es su problema. Acabará pasando las navidades en la cárcel. Vamos.

Hans se despidió de todos y se arrodilló junto a Anna. La besó y sus lágrimas mojaron las pequeñas manos. Sabía que no volvería a verla.

31

Madrid, 2006

—El día que me despidió, todas las alarmas se encendieron. Nuestra gente que trabajaba en su casa, detectó demasiada actividad, de hecho Cooley Jr., volvió a toda prisa desde Nueva York, donde se suponía que estaba en una reunión, aunque realmente estaba en Las Vegas, gastando el dinero de su padre y rodeado de chicas, chicos y vino. Así que me dijeron que debía entrar en la cámara esa misma noche.

—¿Entraste en la cámara del viejo? Esto se pone interesante. ¿En esa que se suponía a prueba de bombas y a la que sólo él tenía acceso?

—Sí.

—Si salimos de está quizás podamos montar una empresa de, no sé, atracar bancos, tal vez.

—Estás empezando a cansarme, bonito.

—Te recuerdo que tus simpáticos jefes espías y vete a saber cuántos más, de países en los que los derechos humanos sólo vienen en los libros extranjeros, aunque prefiero no estar al tanto por mí salud mental, probablemente me quieran arrancar las uñas para preguntarme por cosas que no sé, y el problema será cuando no me crean. Yo era muy feliz aquí, en breve iba a buscar trabajo, mil euros al mes nada menos—a Jaime se le escapó una sonrisa—. Así que si no te importa el que empieza a estar un poco cansado de este embrollo en el que me has metido tú, soy yo. Bonita.

Beth le miró con cierta ternura. En el fondo el pobre tenía razón, pero su conciencia le había obligado a incluirle en este desastre, además si alguien podía entender en que había empleado la Cooley su esfuerzo y dinero todos estos años, era él.

—Sabíamos como entrar, pero no conocíamos todos los sistemas de seguridad de la cámara, los bancos suizos siguen siendo casi inexpugnables, y no conseguimos robarles todos los planos de la cámara. El viejo había copiado el diseño del SCB pero en versión reducida. La CIA se encargó de que el tipo que diseñó la caja fuerte nos contara hasta el número de tornillos que tenía. El Presidente en persona autorizó mi entrada.

—Querrás decir asalto.

—Ponle el nombre que quieras. Entré sin problemas, la verdad es que era menos segura de lo esperado, y la cámara en si sólo tenía recuerdos del viejo y de su mujer. Abrí la caja sin problemas, aunque esto fue mérito de los sutiles interrogatorios de mis compañeros. Algo de dinero, muchos papeles y...

—Y un sobre con los códigos que relacionan las muestras con las que trabajábamos con el origen de los pacientes. Y lo abriste, le echaste un vistazo y te pareció lo mismo que a mí, que aquello estaba más podrido que una manzana en un campo de concentración y discúlpame la comparación. Muy bien ya lo tenías, y ¿me puedes explicar qué tengo que ver yo en todo esto?

—Pues sí. Lo vi y me asusté. Empezaron a pasar teorías por mí cabeza pero no podía confirmar ninguna sin tu ayuda. Créeme, lo hice por ti. Si hubiera pasado esa información directamente habrían tardado meses en descifrarla y al final te hubieran tenido que, llamémoslo, reclutarte, para que tú lo resolvieras. Eso, si tenías la suerte de ser solicitado por la CIA.

Hay muchos países trabajando en esto, lo sabes Jaime y nosotros todavía tenemos algo de compasión. Además, por primera vez en todos esos años, dudé. ¿Qué haría mi país con esa información? No somos hermanitas de la caridad y he participado en muchas barbaridades en nombre de mí patria, he robado y matado pero esto me parecía demasiado, así que les dije que no había nada de importancia que no supieran ya y te envié el sobre.

—Gracias—ironizó mientras abría la tercera cerveza—. Obviaré eso de que has matado porque yo también robé una vez un bolígrafo, pero por cierto, la taberna, ¿fuisteis vosotros?

—Sí. Y llevo casi una semana mintiendo constantemente, a ti y a ellos, y ya no puedo más. Además, esta tarde localizaron al dueño del apartado de correos, Ken Adams, uno de...

—¿Quién coño es Ken Adams?

—Uno de mis alias.

—Joder, que lista que eres, ¿no podías haber utilizado otro nombre? Eso se me ocurre hasta a mí, que no he hecho ningún curso de espías.

—Pues no, no se me ocurrió, fue todo demasiado rápido. Tenía que enviártelo lo antes posible, eras la única esperanza para mí.

—Gracias por la confianza de nuevo, pero deberías haber buscado un cura mejor que a mí. Las conciencias se me dan fatal.

—No Jaime, creo que acerté contigo. ¿Sabes a qué se dedicaba el viejo?

Su cara había cambiado, y Núñez se dio cuenta, pero la tercera lata de medio litro comenzaba a hacer efecto.

—Pues no, no me he revisado la documentación en profundidad. Pero también tengo mis ideas, me encantaría confirmarlas pero no creo que éste sea el momento, estoy muerto de sueño. Son las cuatro de la mañana.

Ambos se miraron durante un rato, el uno medio borracho, deseando que alguien apagara la luz para poder dormir, ella, esperando que todas las molestias que se había tomado fructificaran en algún momento.

32

Berlín, 1926

Heinrich caminaba hacia su objetivo por RosenthalerStrasse. La noche era cerrada, nevaba, pero las ganas de venganza le proporcionaban el calor suficiente. Se encontraría con Marcus en Oranienburgerstrasse.

Al contrario que sus hermanos, él no se dejó influir por el Partido. La idea de mundo igualitario, donde los pequeños obreros fueran quienes decidían, le atraía, como no. Pero le planteaba muchas dudas. En el otro Partido aprendió muchas cosas. Su patria, la Gran Alemania había sido humillada después de la Gran Guerra. Perdió sus colonias, perdió las riquezas de Alsacia y Lorena y se la vejó hasta el punto de dejarla sin ejército. La puñalada por la espalda decían, no tardaría en llegar. Y no fueron sus enemigos extranjeros quienes la derrotaron. No.

—Los grupos internos nos debilitaron—decía el Jefe—. ¡Judíos y comunistas fueron los que trabajaron sin pausa durante la guerra para que Alemania saliera con el rabo entre las piernas!

Por eso, Heinrich, como auténtico alemán, se sentía identificado con éste y no con el otro partido de los trabajadores. Se sentía alemán ante todo. Por encima de cualquier superestructura nacional, así lo definían en el sindicato, él era prusiano y luego trabajador. Conforme al pragmatismo de su padre, si un día encontraran un tesoro, serían ricos, pero seguirían siendo alemanes. Además estaba convencido de que algún día sería rico y no tendría que trabajar más que lo que le apeteciera, viviría en una casa enorme llena de sirvientes, que prepararían la comida a su madre y se la servirían en bandejas de plata. Algún día. Y no quería tener que compartirlo con nadie.

Pero hoy no estaba allí para sueños. Había cosas importantes que hacer.

—Gracias por tu ayuda en casa, Marcus.

—No hay porque darlas—dijo bajando levemente la bufanda—. Tu padre se portó como un hombre decente. Tu familia no podía permitirse perderos a los dos.

—¿Sabes algo de él? ¿Está bien?

—Pasó dos días llorando por la pequeña. Sentía no poder estar con ella para despedirla. Pidió permiso al juez para poder enterrarla, pero el muy cabrón le espetó que habría riesgo de que escapara. Ahora está mejor. La semana que viene será el juicio, probablemente le caigan un par de años y os quiten la casa.

—Ya veremos.

—Sí, ya veremos—concluyó Marcus con una sonrisa maliciosa—. La operación tiene el visto bueno de Von Solomon. Cuando termines, corre hasta aquí, no te pares. Si oyes a la policía, primero no te preocupes, y segundo no les mires, ni te gires, dales la espalda siempre. Yo te esperaré aquí. Toma una tarjeta del Club Drunmk. Será tu coartada y la mía. Está todo arreglado.

Generalmente las SA tenían libertad para golpear, pelear y destrozar todo aquello que oliera a socialistas y judíos. Con los primeros, también organizados en similares bandas de alborotadores y propagandistas, las más de las veces no pasaban de peleas callejeras, aunque alguna vez la cosa se les escapara de las manos a ambos bandos.

Con los segundos la cosa era diferente. Algunos judíos berlineses eran personajes muy importantes y respetados. Comerciantes, asesores y joyeros de las élites sociales alemanas, una agresión a quien tuviera suficientes contactos, pondría en mal lugar a la joven y reconstruida estructura de la SA.

Por eso, Heinrich tuvo que pedir permiso a su responsable de zona y este directamente a Von Solomon. Quizás incluso el Líder estaba al tanto. Al fin y al cabo, no se trataba de enmascarar una pelea o una discusión en caliente. Era algo premeditado, y hasta un juez sensible a la Causa, hubiera tenido que condenarle.

Avanzó entre la ventisca y manteniendo siempre las manos en los bolsillos. Con el frío que hacía, no podía permitirse que le flaquearan las fuerzas en el momento de la verdad. Se detuvo a unos veinticinco metros de la tienda de Goldman. Desde la acera de enfrente pudo observar su objetivo, apoyado sobre el mostrador con sus más de cien kilos. Sólo tendría una oportunidad. La calle estaba desierta, todo según el plan. Esperaría al momento oportuno. Cruzó la calle y se apoyo de espaldas, junto a la puerta, sin que lo viera.

Esperó. Sonó el teléfono. Goldman, se giró, corrió las cortinas y pasó al almacén. Heinrich entró en la tienda y rodeó el mostrador. Esperó de nuevo.

—No, le repito que aquí no vendemos alfombras. Me da igual lo que usted diga y lo que diga su mujer. Qué pase unas buenas noches—.Y colgó. Al darse la vuelta, su cara se congeló al ver esa mirada. Prusiano le había llamado. Pues prusiana sería la última cara que vería. Sintió como el frío cuchillo le atravesaba y la mano del joven le tapaba la boca.

—Por Anna, bazofia inmunda.

Pero se revolvió. Y no era pequeño precisamente. Herido de muerte, pues sabía que el mayor de los hijos de Hans le había clavado el cuchillo en el hígado, decidió que merecía la pena luchar para que no quedara impune. Golpeó a Kohl con todas sus fuerzas, que no eran pocas, y le lanzó contra el mostrador. Ambos cayeron al suelo. Goldman trataba de llegar, arrastrándose, al teléfono. A cada centímetro el cuchillo se clavaba más y más.

Kohl no podía permitirlo. Si alguien se enteraba de que algo pasaba en la tienda estaba perdido. Todas las coartadas se venían abajo. Todavía atontado por el fuerte golpe, corrió hacía el moribundo. Tras las cortinas, lo alcanzó. Tenía tiempo para buscar con que asestar el golpe definitivo. Buscó en la mesa del teléfono, que acaba de inutilizar y sobre las estanterías. Sobre una de ellas vio algo que le podría servir. Una copa de oro, como las que veía en misa cuando era un niño, se había enfadado con Dios el primer día que tuvo que ir a la fábrica con diez años, parecía el arma perfecta o al menos la más consistente de todos los objetos que encontró.

Miró a Goldman, le dio la vuelta, le miró fijamente y descargó un golpe seco en la sien. Supo que había muerto al instante.
Se apresuró a abandonar la tienda. Había perdido unos minutos preciosos. Extrajo el cuchillo, guardó la copa y salió.

33

Nueva York, 1949

La ciudad le impresionó desde el principio. Cuando el barco se acercaba, todos, pobres y ricos se agolpaban en la cubierta para poder ver el espectacular horizonte de la ciudad.

—Era imposible ganar la guerra a una nación como esta— reflexionaba sin importarle el largo trayecto.

No estaba equivocado, Alemania y otros muchos fueron derrotados, pero lo más relevante de aquella carnicería fue el vencedor saliente, Estados Unidos. Si los soviéticos se habían detenido en Berlín, no fue sino por el miedo a un país como áquel. Europa entera podía dar gracias de tener un aliado así pues de otra manera, habrían pasado de hablar alemán a aprender ruso a marchas forzadas.

—¿Cuánto tiempo espera pasar en el país, señor Cooley?

—Quizás toda la vida—contestó en un perfecto inglés.

El agente no le prestó más atención. Tenía orden de fijarse en orientales y alemanes. Fuera cual fuera su condición, el resto, incluidos italianos, sólo se filtraban por dinero y estado de salud. Por este orden.

Tras pasar el control de la autoridad portuaria, Henry Cooley se dirigió al lugar indicado. En dirección norte, en la esquina de la cuarenta y dos con la quinta avenida, debía encontrarse con su contacto. Un libro verde y dos juegos de guantes. Ese sería el aspecto acordado. No tuvo dificultad en encontrarle. Un hombre de no menos de dos metros, abrigo rojo, y sombrero verde marrón le esperaba en la esquina. Para pasar inadvertido. Menudo futuro tendría como espía.

—¿Qué tal amigo? Me llamo Robinson ¿Ha tenido un buen viaje? ¿No habrá tenido que aguantar a mucha basura judía en el barco?—rió—. Cada día entran a miles en el país.

Henry se resignó a tener que escuchar estas tonterías. Ver el problema desde América sin duda le daba un toque diferente. Si tenían que poner en marcha la Solución Final de nuevo, en la guerra no fue ni lo primero ni lo segundo, con gente así no llegarían ni al primer consulado ruso.

—De acuerdo con la información que nos pasaron,—continuó—le hemos buscado alojamiento en Carolina del Norte. No sé si conoce dónde está. Es una zona muy tranquila. Hay un número importante de Universidades. Con su formación, no le será difícil encontrar un empleo de profesor. Esta es la dirección, sale en el tren de las siete, de Central Station. No está lejos de aquí. Puede pasar el día conociendo la ciudad. Nos dijeron que no necesitaría dinero. En cualquier caso, aquí tiene algo para el viaje.

Habían perdido la guerra, algunos se suicidaron, algunos fueron humillados en Nuremberg y otros consiguieron escapar, renegando como cobardes, sí, pero estaban vivos. No es que pretendieran reorganizar el Tercer Reich fuera de Alemania, pero sí que algunos simpatizantes del otro lado del Atlántico se prestaban a echarles una mano. Una casa, un trabajo y algo de dinero para ir tirando, en función de su puesto. Aunque no sólo al otro lado del océano, también en Inglaterra contaban con muchos amigos ahora, cuando la bandera roja amenazaba con cubrir toda Europa, algún enemigo acérrimo pensaba por qué no se unieron frente a los comunistas.

Su nueva identidad se la habían facilitado en Londres, con el gobierno haciendo la vista gorda, de eso estaba casi seguro.

Siguiendo el consejo de Robinson, pasó el día dando una vuelta por la ciudad. Nunca había estado en América y sin duda merecía la pena conocerlo. La luz del sol no llegaba al suelo en muchas partes de la ciudad y la altura de los edificios realmente impresionaba. Era muy parecido a cualquier capital Europea, pero hacia arriba. Salvando las distancias, económicas principalmente, le recordó al Madrid de antes de la guerra civil, por la gran cantidad de gente que había en las calles, a cualquier hora, en todos los lugares, siempre había vida.

La tierra de las oportunidades, decían. Negros, orientales e hispanos convivían en las calles con anglosajones, aunque no parecía que tuvieran precisamente las mismas oportunidades. Realmente, nunca fue racista y no le molestaba en absoluto compartir el autobús con, como decían en la Oficina, morenos. De hecho las cosas en el sur del país no eran como en Nueva York. Viviría encantado en la ciudad, de no ser por ellos. Ellos, los que acabaron una vez con la Gran Alemania y acabaron con su hermana. Aquellos con los que no habían podido terminar durante la guerra. Aquellos con los que, ahora, ya sabía que se podía acabar.

34

Madrid, 2006

La puerta del salón se abrió, y de nuevo el batín tipo Hércules Poirot en Asesinato en el Orient Express hizo acto de presencia junto con su vasito de leche caliente.

—Como comprenderéis he estado escuchando atentamente desde mí habitación—dijo mirando a Jaime e intercambiando una sonrisa con él.

—No esperaba menos de ti.

—Como corresponde, aprendí a escuchar cuando mi mujer se levantaba por las noches para hablar con sus amantes. Si os contara la de posibilidades sexuales que están por ahí escondidas y que yo nunca caté, os sorprenderíais. Recuerdo una vez, que hablaba con un sudamericano y decían algo sobre...

—Alberto, por favor, la del sudamericano no. Que son las cuatro de la mañana. ¿Sólo te has levantado para esto?

—Decía, y no me interrumpas, que una vez que la guarra de mí ex, hablaba con un chico, aunque a lo mejor es mucho suponer que era un chico, y por lo visto debía ser un superman porque ella no era su única amante, estaba yo escuchando. El caso es que el muchacho estaba en la cornisa de una ventana intentando escapar, como en la canción de Barricada, de otro marido cornudo. ¿No los conoces?—preguntó a Beth que no salía de su asombro—. No te preocupes, luego te dejo un disco. Sabina tiene otra canción parecida, esa seguro que la has escuchado.

—Es americana, Alberto.

—Y qué, yo me lo bajo de Internet y supongo que allí también hay. Bueno, el caso es que mi ex le comentaba que si el tonto de su marido, ése era yo, hubiera mirado más de una vez por la ventana se hubiera encontrado con muchos spiderman en la fachada.

—¿Y?—preguntaron al unísono.

—Pues veréis, desde que empecé a escuchar la divertida historia en la que te ha metido una diabólica mujer, no es nada personal guapa,— espetó a Jones que seguía sin liberarse de su cara de estupefacción— he creído que era conveniente mirar por la ventana, por si las moscas.

En ese momento, se levantó y cogió el vaso de leche. Dio un sorbo y mojó una galleta María.

—¡¿Y?!— gritaron mientras Aguilera se limpiaba las migas.

—Pues veréis, debéis ser gente importante porque en cada una de las esquinas tenéis un coche, estuvieron con las luces encendidas un rato, pero las han apagado. Cuando lo de mí ex, me compré unas gafas de visión nocturna, no penséis mal, eran para espiarla por supuesto. Las mejores, no escatimé en gastos, las llevan unos americanos, la Delta Force, salen en las películas. Hay dos personas en cada coche, y todas tienen pinta de guiris. Los de aquella esquina son moros o lo parecen. Seguro. Los de aquí no lo sé, la verdad. También había una moto, pero desapareció hace una media hora más o menos.

Jaime empezó a ponerse nervioso y el efecto de la cerveza huyó rápidamente. Esto se estaba saliendo de madre e iba de mal en peor, cada minuto que pasaba un invitado nuevo aparecía y ninguno traía la tarta. A pesar de todo seguía tomándose las cosas con humor.

—Sólo faltan los hermanos Marx. ¿Y ahora qué 007? ¿Alguna idea? Maldita sea, ¿quién es toda esa gente?

—El coche que tenemos más cerca es nuestro. Supongo que serán Williams y Jake, o a lo mejor el comandante lo está siguiendo desde el hotel. En cuanto a los moros, no lo sé. Pueden ser de cualquier sitio.

—Estupendo, encima no sé a qué embajada tendrán que ir mis herederos a reclamar daños y perjuicios, tócate las narices. ¿Y cómo salimos de aquí, eh?

—No lo sé, Jaime, no puedo pensar.

—¡¿Cómo que no puedes pensar?! No dudaste tanto cuando me enviaste el sobre, joder. Esto ya no me hace ninguna gracia. Voy a llamar a la policía y me apañaré con ellos—dijo mientras descolgaba el teléfono.

Sin embargo, su siempre expresivo rostro se congeló en ese momento.

—No hay línea.

—La habrán cortado ellos. Es muy fácil, ahora todas son digitales, sólo necesitan un ordenador.

—¿No me digas? Dame tu móvil, Alberto.

—Sabes que no tengo.

—¡Mierda! ¿Beth?

—El mío está conectado con ellos, no necesitan ni posicionar el satélite para escuchar lo que digamos. Si llamamos a la poli entrarán en un minuto. ¿Este edificio tiene garaje?

—Sí, podéis usar mi coche si queréis.

—Vamos hombre, digo yo que esto ya lo habrán pensado ellos, sabrán hasta el número de tu matrícula.

—No creas, no tienen porque saber que estamos acompañados—contestó Jones—. Al menos, nosotros sólo hemos traído un equipo. Quizás haya una persona en el garaje, pero podemos coger otro coche y que conduzca Alberto.

—No le metas a él también.

—Ey, ey, Jaime, yo me meto donde haga falta. Aunque no me gusta ninguna idea que salga de una mujer, por supuesto os acompaño. Me voy a cambiar.

Núñez se pellizcó para intentar despertar de lo que se estaba convirtiendo, demasiado deprisa, en una pesadilla.

—Escúchame, Beth. Te juro por Dios, que si le pasa algo a él o a cualquier otra persona que conozca, te la cobraré todo lo cara que pueda. Por éstas. Estoy muy harto de todo esto. Yo no soy ni espía, ni madero, ni nada de nada.

—Lo siento de verdad, creo que mereces...

—Bueno, ¿nos vamos?—interrumpió Aguilera.

Botas negras, pantalón vaquero negro, gorro de lana negro y jersey de cuello alto, por supuesto negro, le daban un aspecto a medio camino entre un deshollinador y un dandi trasnochado.

—Joder, Alberto, que discreto por Dios—concluyó Jaime.

Bajaron por el ascensor y llegaron al garaje.

—Lo mejor será ir en el todoterreno, cabréis sin problemas en el maletero.

Se dirigieron a la plaza número siete, no porque estuviera así numerada sino porque era su séptima plaza en propiedad en aquel garaje, aunque sólo utilizaba una. Para guardar el Porsche Cayenne blanco que había comprado el verano pasado. El resto, incluyendo Mercedes y BMW, más los que su ex se había quedado, los aparcaba en la calle haciendo las delicias de los niños del barrio.

—¿Y cuánto dices que te costó este bicho? Tengo unos ahorros que me traje de América, como Colón.

—Primero, procura no acabar en una cuneta—respondió Aguilera con tono paternal—. Luego yo mismo te llevaré al concesionario.

Jones, y Jaime se acomodaron en el amplísimo maletero del coche.

—Te veo muy tranquila, guapa. Parece que no es la primera vez que haces esto.

—Ya te he dicho que llevo muchos años con mi segunda actividad. Tranquilo, saldremos de esta.

—Eso espero.

Alberto arrancó y accionó el mando a distancia. Núñez temblaba por dentro aunque no permitía que su compañera lo viera, recurriendo a aquello tan hispano de comportarse como un macho ibérico. Sin embargo, los cien metros que recorrieron entre la puerta y la salida a la calle Alcalá se le hicieron eternos pensando que alguien pararía el coche y los ametrallaría sin piedad.

—Creo que ya estamos a salvo. El del coche de la primera esquina me ha mirado un buen rato pero no deben de tener mi foto en sus archivos. Ya sabéis, sólo soy una piltrafilla la mitad de rico de lo que pudiera haber sido si no es por aquella perra que conocí en el….

—Por favor, déjalo ya. No creo que a ella le interese—interrumpió Jaime—. ¿Dónde vamos?

—Tengo un apartamento en la calle Velázquez, ya sabes para limpiar alguna factura, no todo van a ser coches caros. También tiene acceso por el garaje, os dejaré el Porsche. Allí tengo otro.

35

Raleigh, 1950

Pasó toda la guerra en Inglaterra, en labores de Inteligencia, creando y manteniendo una red que todavía hoy, cinco años después de la derrota, mantenía cierta capacidad, al menos de supervivencia.

Tras la operación en la tienda de Goldman, su nombre se había hecho popular entre los jefes del partido Nazi. Aunque tuvo que responder a muchas preguntas, ya que era el primer y único sospechoso, Heinrich pudo participar en muchas más operaciones. Las camareras del Drumnk juraron haber estado con él y con el agente Marcus Kaner, viejos amigos del barrio, hasta las dos de la madrugada. Ningún policía vio nada, ni siquiera el que pasó por la puerta justo después de ver salir a un joven apresuradamente, y lo más importante, nunca se encontró el arma del crimen. Pasó un tiempo fuera de la circulación, que la SA aprovechó para enseñarle todo lo que no pudo aprender en la escuela, y a los pocos meses se le encargó formar a los nuevos cachorros berlineses. Un cargo importante, sin duda. En ese periodo murió su padre en la cárcel, lo que sólo le sirvió para inculcar los valores del Partido con más fuerza en los nuevos miembros.

Cuando Hitler llegó al poder, fue enviado a Londres como adjunto al nuevo responsable de los espías alemanes. Una pierna rota y múltiples moratones le permitieron entrar como víctima de una noche loca de la agonizante SA. Él ayudó a diseñar una red francamente buena y dotarles de los conocimientos prácticos de los que carecían algunos de los candidatos.

El tejido nazi en Inglaterra llegaba a todos los lugares. Desde el lechero de Churchill a los agregados de varias embajadas, pasando, por supuesto, por cualquier puesto en el escalafón militar. Además contaban con el beneplácito de   gran parte de la más alta nobleza. A día de hoy, ninguna potencia, exceptuando los soviéticos, disponían de una estructura semejante a la que ellos dispusieron en la Gran Isla. Sólo cometieron un pequeño error, no tomaron en cuenta el valor real de la RAF. Si la hubieran tenido más en consideración, y hubieran minado su capacidad antes de iniciar los bombardeos, la batalla de Inglaterra no hubiera durado más que el gobierno de París. De no ser por la tenacidad, tozudez y como no, por sus primos americanos, a la hora del té, en Londres, se tomarían salchichas.

—Dr. Cooley, siéntese por favor—indicó amablemente la secretaria—. El doctor Livinstein le recibirá en un momento.

Rubia, alta, pálida, ojos azules, pelo recogido, traje de chaqueta gris. Una delicia aria pensó. Henry la miró durante los cinco minutos de espera, mientras, ella fingía no darse cuenta.

—Es nuevo por aquí. Se nota. ¿Le gusta nuestro país?

—No llevo mucho tiempo, pero sin duda hay cosas que merecen la pena—dijo ruborizando a Josephine—. La verdad es que ando un poco perdido. Esta zona es bastante diferente a lo que había visto hasta ahora y no se parece nada a Europa. ¿Qué harían ustedes sin automóviles?

No pudo responder. Sonó una vieja campanilla y Henry Cooley pasó al despacho.

Al llegar a Inglaterra fue matriculado en Cambridge, como estudiante de ciencias, una pura pantalla para lanzar sus redes entre los jóvenes británicos entre los que encontró no pocos seguidores de la causa nazi. Era bastante más mayor que la mayoría de sus compañeros, y tuvo que fingir, con bastante éxito, que por cuestiones de salud no había podido estudiar. Esto, su talento y un pasaporte rejuvenecedor consiguieron reducir las sospechas al mínimo. Allí, aprovechó el tiempo y no sólo fue felicitado por sus superiores por una magnífica labor, sino que también se licenció con la nota más alta. Por ello, el Gobierno del Reich le encargó que continuara, utilizando sus estudios como tapadera. Comenzó su tesis en el campo de la biología comparativa, investigando las diferencias entre los procesos embrionarios de mamíferos superiores, aunque pronto recibió la sugerencia de centrarse en el ser humano. El Instituto de Higiene Racial no quería perder la oportunidad de crecer al otro lado del Canal.

Su padre nunca se lo hubiera imaginado. Ni mucho menos sus hermanos. Él, antiguo limpiador, hijo de un obrero, había logrado su propia revolución, sin necesidad de ningún partido comunista. Ni sus hermanos le reconocerían, si alguno quedaba con vida. Ahora se codeaba con lo más selecto de la clasista juventud británica.

Desde el principio se sorprendió de la pasividad británica ante Hitler. Fanfarrón y embaucador, decían. Nadie lo tomaba en serio. De hecho, un estudiante alemán como él, nunca fue ni siquiera requerido por las autoridades hasta ya empezada la guerra, cuando fue interrogado, vigilado y seguido por todos los agentes posibles. Sin embargo, ocho años después de llegar a la isla, sus coartadas eran tan perfectas que nunca pudieron acusarle de nada. Colaboró con el gobierno británico siempre que se lo pidieron y presumió de haber sido apaleado por los niños de la SA cuando vivía en Berlín. También tuvo suerte. Al revisar los aliados las fichas de la

SA y de la Chancillería, su nombre no apareció. O al menos eso pensaba.

—La Organización me informó de que buscaba trabajo. Estoy creando un nuevo grupo de investigación en biología molecular y creo que encajaría. De hecho, un experto en desarrollo embrionario puede sernos de utilidad. Muchos de sus antiguos colegas británicos se están pasando a este campo, incluso desde la física clásica. Seguramente pueda ayudarnos con un nuevo enfoque en nuestras investigaciones—dijo el Dr. Livingstein.

Henry asintió.

—Sin embargo quería dejarle las cosas claras desde el principio. Olvídese de sueños arios, de conquistas raciales y de todas esas elucubraciones, o mejor dicho estupideces. Aquí hacemos ciencia y le acojo porque me es útil y porque creo que ustedes fueron los únicos en plantarle cara a la plaga comunista que nos azota. Pero no se equivoque, mi Gobierno sigue buscando nazis por toda América, y sinceramente su coartada al trabajar aquí es bastante floja. Pase inadvertido. Sus futuros compañeros se preguntarán de donde ha salido un tipo como usted, con sus conocimientos y sin una sola publicación. Josephine también lo hará, aunque ya lo sospecha. Alguien incluso hablará con algún colega británico y le dirá que trabajan con un tal Dr. Cooley, que nadie conoce en Inglaterra. Y alguien atará cabos y se acordará de algún buen científico alemán que un día desapareció. Espero que no se le escape ni una sola palabra en alemán. Créame, le acabarán descubriendo. Y yo me lavaré las manos todo lo que pueda. ¿Alguna pregunta?

Hombre de pocas palabras, poco podía apuntar a un sermón tan nítido como ese en su primer día.

—¿Empiezo mañana, si le parece bien?

—Escueto, me gusta. Josephine, le ha buscado una habitación, en su edificio, está alejado de todo. Podrá pasar desapercibido. Si no tiene más que decir, por mi parte, es un placer tenerle entre nosotros. Hasta mañana, comenzamos a las 8 de la mañana.

Henry salió del despacho. Eran casi las seis y ella se estaba poniendo el abrigo.

—Creo que usted viene conmigo, señor Cooley. Vivo en Morrisville. Está a unos 30 minutos de aquí.

—En coche, supongo—bromeó—. Por favor, llámeme Henry.

—De acuerdo, Henry. He alquilado un apartamento en la tercera planta, yo vivo en la primera. Le agradecería que se comprara un coche lo antes posible. Una mujer soltera y un hombre desconocido viajando juntos diariamente llamarían la atención. Si necesita algo de dinero no dude en pedírmelo, tengo algunos ahorros.

Salieron al parking y montaron en un viejo Ford Deluxe del año cuarenta y uno. Noche cerrada, Henry no habló demasiado. Contestaba con las menos palabras posibles las preguntas de Josephine. Todas ellas sobre la guerra. Todas respondidas sin detalles.

—Debería ser más agradable, me están ayudando y no tienen por qué— pensó—. ¿Podría indicarme como llegar a la sede del Swiss Cantonal Bank? Me gustaría guardar algunos objetos de valor en sus oficinas.

—Por supuesto, si lo desea puedo acompañarle. Está de camino a la facultad. Pasaremos a primera hora.

Condujeron durante unos veinte minutos, a través de nuevas carreteras que atravesaban los bosques más tupidos que había visto en su vida.

—Es aquí—indicó señalando el buzón junto a la entrada principal—. Planta tercera, puerta b, esta es la llave.

El edificio se encontraba apartado del pueblo, justo al final de un camino que terminaba en una zona desarbolada que parecía una antigua cantera. Las paredes austeras de ladrillo rojizo, contrastaban con los marcos de las ventanas, verdes y blancos que resultaban un poco estridentes.

—Muchas gracias por todo—dijo acariciándole la mano—. De veras. Hacía mucho tiempo que nadie se tomaba tantas molestias por mí. Buenas noches.

Henry subió por las escaleras rápidamente y entró en su nuevo hogar. Suelo de moqueta, una pequeña cocina a la izquierda, la sala de estar a la derecha, con un sofá, dos mesas y cuatro sillas. Al fondo, una puerta comunicaba con el dormitorio y el baño. Frío e impersonal como todos los que había tenido desde que abandonó la casa de su madre. Pero no le importaba, había venido a América con un fin, algo que sólo él conocía. Terminar la obra que el Tercer Reich no había logrado.

36

Raleigh, 1950

Josephine condujo hasta la sede del Swiss Cantonal Bank. Había esperado a Henry en el aparcamiento del edificio de apartamentos a las 7 en punto. Así tendrían tiempo suficiente y no llegarían tarde el primer día de trabajo. El viaje hasta allí, fue mucho más ameno que la noche anterior y Henry se mostró mucho más amable y atento. Él sabía que le gustaba, y llevaba muchos años sin recibir más que órdenes, sin ninguna muestra de cariño. Su deseo de venganza no le había dejado tiempo para conocer a nadie, y mucho menos para enamorarse.

Ella se había graduado en el instituto justo antes de la guerra con los japoneses, y decidió no ir a la Universidad y ayudar a su país trabajando en una fábrica de aviones durante la mañana y en un hospital de veteranos por la tarde. Al terminar la guerra, se graduó en ciencias con no muy buena nota y encontró un puesto como asistente personal del Dr. Livinstein. Nunca sería rica, pero le permitiría vivir decentemente y no dependería nunca de un marido. A Henry le atrajo su independencia. En Europa, las mujeres con esa visión de la vida, eran, en muchas ocasiones, señaladas con el dedo. Aunque las cosas cambiaban, lo hacían muy lentamente y había conocido muchísimas mujeres que mantenían a sus maridos, algo que ellos no hubieran sido capaces ni en cien años de vida. El machismo no iba con él, las mujeres arias eran tan capaces como los hombres.

Detuvo el coche en la puerta del banco. Acababan de abrir.

—Espérame aquí, por favor—dijo Henry secamente.

Josephine asintió. Hubiera querido bajarse con él. Que la primera visita de Henry fuera al banco, despertaba su curiosidad. Guardar algunos objetos de valor en sus oficinas, había dicho. No debían ser muy valiosos, pensó. Al menos no muy grandes, ya que cabían en una vieja mochila de cuero negro, gastada, con las asas roídas, que era lo único que cogió al bajarse del coche, aunque si lo suficientemente pesados para que hubiera de utilizar las dos manos para sacarla del coche.

—Les estábamos esperando, señor Cooley. Es un placer conocerlo. Siéntese por favor.

Henry tomó asiento. El despacho del director de la oficina era bastante austero. Una mesa, una silla y una fotografía, con una mujer y dos niñas, junto con un cuadro con un paisaje que no pudo identificar, era lo único que daba un toque de color a la habitación.

—Como le solicitaron por teléfono, querría tres cajas de seguridad. Me han informado de que su sistema es excelente—el director hizo ademán de intervenir, pero Henry le cortó rápidamente—. No me lo explique, porque lo conozco. Dos de ellas, irán al Almacén Central. La otra se quedará aquí. Quiero disponibilidad inmediata para ella. Inmediata significa a cualquier hora del día. Me informaron en la central de que no habría ningún problema. Para las otras dos, me garantizaron que no tardarían más de veinticuatro horas.

—Veo que lo tiene muy claro. Efectivamente, los plazos son estos. Sólo queda concretar la forma de pago. Bajemos, si le parece, a la cámara. Salieron, tomaron el pasillo a mano derecha, y el director abrió la primera puerta con una llave que sacó de su bolsillo. Continuaron por el nuevo corredor. La puerta siguiente estaba guardada por dos guardias armados con escopetas recortadas. El director se acercó a la puerta y pidió a Cooley que permaneciera junto a ella. A Henry le pareció que manipulaba algo parecido a una ruleta de caja fuerte pero instantes después, se desabrochó la corbata y utilizando una especie de llave alargada que colgaba de su cuello, entraron una sala esférica.

Incrustadas en las paredes, pequeñas cajas de seguridad con un número de registro, conteniendo gran cantidad de secretos y mentiras que sólo sus dueños conocían. Sobre una pequeña mesa de metal, tres de las cajas estaban abiertas.

—Ahí las tiene. Introduzca lo que desee en ellas. Las dos de doble cerradura son para el Almacén Central. Me quedaré aquí, señor Cooley, no nos interesa lo que pueda usted meter en ellas, y así se lo hacemos saber a todos los posibles ladrones, incluidos todos los gobiernos del mundo—dijo con cierto aire de pavo real.

—En fin—pensó—. Es un chupatintas estúpido, pero parece que saben lo que hacen.

Avanzó, colocó su vieja mochila sobre la mesa, la abrió y se dispuso a esconder sus tesoros.

37

Madrid, 2006

Jaime levantó un párpado y comprobó que ya había amanecido, hacía un buen rato, por cierto. Deseaba que todo lo sucedido en los últimos dos días fuera una pesadilla y para sí, pidió por favor que así fuera. Pero aquella no era su cama, las paredes estaban pintadas de colores y sinceramente, su casa no olía tan bien. Tendría que preguntar a Aguilera quien le limpiaba aquel piso, sin duda era mucho más eficaz que su asistenta o, por lo menos, el detergente estaba más perfumado.

Olía a café recién hecho, así que supuso que Beth llevaría un rato levantada. Se puso los pantalones, se enjuagó la boca en el baño y se lavó la cara rápidamente.

—Buenos días—dijo entrando en la cocina.

—Hola. ¿Has dormido bien?

—Sí, pero todo se ha jodido al despertar. ¿Tenemos a algún amiguito tuyo por aquí cerca?

—De momento, no. Este sitio está muy bien, no buscarán por aquí con los métodos habituales. Tendrán que seguir mi móvil y está en la bañera, les costará un buen rato encontrarlo, por lo menos tres o cuatro horas.

—¿También lo pueden localizar en una bañera?

—Sí. El problema es que el satélite les facilita muchas localizaciones erróneas. Quizás les figure que estoy en Australia pero claro, saben que no es posible. Tal vez tengan que decidir entre unas veinte posiciones en Madrid.

Jaime ni siquiera la miraba, no entendía que hacía allí metido en una intriga de las que sólo se veían en el cine o se leían en libros de bolsillo en la zona de embarque de algún aeropuerto, camino de algunas vacaciones. Prefería concentrarse en el café y los bizcochos.

—Deberíamos echarle un vistazo a los papeles de Cooley—dijo por fin—. Quiero terminar con esto de una vez.

—Vamos al salón—contestó ella.

—No, aquí mejor. Me gusta el olor de la cocina.

Jones se levantó y fue al salón a buscar el sobre. No eran más de veinte folios fotocopiados, que entregó a Núñez rápidamente.

—Bueno, ¿qué opinas?

—Vamos a empezar por partes y eso significa que me cuentes lo último que os pidió Cooley. Tenemos que poner las ideas en orden.

—Cuando empecé en la Cooley, todo el trabajo de mi departamento era sobre química combinatoria. El viejo nos pasaba determinadas secuencias, que supongo que venían de vuestro grupo y preparábamos ratones knock out para esos genes y en aquellos que eran viables probábamos una colección de compuestos. Eran los tiempos del fin de la URSS y los laboratorios soviéticos tenían una enorme colección de moléculas que nos vendían a buen precio. La gran mayoría no servían para nada pero algunas tenían cierta actividad. Luego con el paso del tiempo dejamos de probarlos directamente en ratones y pasamos a tubos de ensayo cuando la tecnología lo permitió. Así durante muchísimos años. Pero los resultados que le devolvíamos nunca le satisfacían porque siempre abandonaba las reuniones con un lacónico, lo seguiremos intentando chicos. Durante los últimos años se aficionó a la terapia génica, a raíz de los fracasos que se publicaron en la gran mayoría de grupos internacionales. Estaba seguro de que nosotros lo podíamos hacer mejor, de esa manera le diseñábamos vectores y si alguno funcionaba lo poníamos en un vial y se lo entregaba en la reunión de los lunes. No tuvimos mucho éxito o eso creía.

—¿Siempre os pasaba la secuencia sobre la que teníais que trabajar?

—Siempre.

—Vale. Es un buen comienzo. Higgins era más teórico y tenía un grupo de setenta personas buscando, desde un punto de vista matemático, dónde había más probabilidades de encontrar secuencias repetidas. Eran teóricos, nada más. Nunca tocaban un tubo de ensayo, utilizaban el trabajo de todos los grupos del mundo, cada secuencia nueva que se publicaba, trataban de encontrar una manera de localizar secuencias parecidas o incluso predecir la siguiente. Puede parecer una estupidez, pero hubo ocasiones en las que lo lograban y nos era de gran utilidad ya que confirmaba que había patrones constantes en todo el ADN y lo lograban usando solamente ordenadores y cálculos matemáticos. Nosotros intentábamos aplicar esas propuestas a la realidad. Cooley nos facilitaba muestras y de acuerdo con el trabajo de Higgins, sabíamos donde encontrar secuencias repetidas y cuales nos podíamos encontrar. La mayoría de las veces no las localizábamos porque simplemente no estaban ahí o porque no éramos capaces de cortar la cadena correctamente, pero en ciertas ocasiones sí, y luego simplemente sintetizábamos la proteína correspondiente en el tubo. Teníamos una decena de chicos jóvenes que comprobaban si ya era conocida y en caso de que no lo fueran revisaban las bases de datos en busca de otras similares tanto enteras como por partes. Pasaban días trabajando en ello y era francamente divertido, yo me quedaba muchas veces con ellos. Me recordaba mis tiempos de joven doctorando. Hilábamos nuevos péptidos, especulábamos con sus posibles funciones en la célula, todo excesivamente teórico para un equipo como el nuestro.

—¿Hubo alguna que os llamara la atención?

—Ninguna, había de todo, aunque en los últimos tiempos, creo, y no estoy seguro al cien por cien, encontramos algunas secuencias que codificaban para algunas enzimas que no conocíamos ni para las que hubiera ninguna pista en ninguna publicación. Al viejo le interesaron mucho pero tampoco estábamos seguros sobre su función.

—¿Nada?

—Uno de los becarios, y yo mismo, pensábamos que era una ruta en la síntesis de hemoglobina pero no podríamos asegurarlo al cien por cien. Resumiendo, unos buscaban donde encontrar y como predecir las secuencias del ADN, otros que las reconocíamos, las dábamos forma y considerábamos su función, y vosotros, que, supongamos que tratabais de, digamos atacar, bloquear o estimular la actividad de esas secuencias. Es la única explicación que se me ocurre para tu grupo. ¿Estás de acuerdo?

—Sí, es posible, pero eso estaba ya más o menos claro antes de sentarnos aquí.

—Espera—Jaime dio un sorbo al café—.Todas las muestras venían identificadas por un código y si no me falla la memoria los números eran: CC, que entiendo como Cooley Corporation, seis números que parecen simplemente las fechas en formato mes, día y año y un número de cinco cifras, la identificación propiamente dicha. Estas diez páginas se corresponden con las muestras. CC07079900001, muestra uno obtenida o procesada o vete a saber qué, el siete de julio del 99. Éstas, sin embargo, son números de historias clínicas, lo que no entiendo son las letras que están adjuntas. B, N, JA, NA, NNA, A, NH.

—Puedo intentar conocer el nombre de los pacientes con el número de historia. Si no me buscaran mis antiguos jefes, tardaríamos cinco minutos, pero así tardaré un poco más.

—Creo que he visto un portátil en la habitación. Luego lo vemos. Estas dos hojas restantes no tengo ni idea de que son. ¿Alguna sugerencia?

—Sí, son números de cuenta bancarias. Concretamente diría que son de un banco suizo.

—¿Y cómo lo sabes exactamente?

—Simplemente lo sé, nos enseñan a reconocer estas cosas de un vistazo, las cuentas pertenecen al Swiss Cantonal Bank, aunque las terminaciones son típicas de cajas de seguridad.

—Yo al banco sólo voy cuando me tocan un poco las narices y soy de los que lleva apuntado el número de cuenta detrás de la tarjeta de crédito. Cosas de andar por casa, ya ves. Bueno, ¿para qué quiere este hombre una caja de seguridad, o unas cuantas en Suiza? Mi gran formación académica como espía de barrio me dice que para guardar algo. El papel es antiguo pero la anotación es reciente: *El médico tenía razón. La copa no miente.*

38

Raleigh, 1950

Primero sacó los lingotes. Siete enormes pedazos de oro, con el sello de la Segunda República española.

—La vida da muchas vueltas, sin duda—reflexionó.

El gobierno de la República, le entrega el oro de sus reservas, con el que podían haber comprado lo necesario para seguir peleando, a sus amigos soviéticos. Estos se lo llevan, con un ya os lo devolveremos, si eso, y se desperdiga por todo el país. Un poquito en Minsk, otro en Kiev, la mayor parte a Moscú y por supuesto a Stalingrado. Sus soldados peleaban con medio fusil por cabeza, y el oro se pudría en los depósitos. Stalin sabría por qué.

Cuando se lo enviaron, cinco cajas con veinticinco lingotes cada uno, la guerra ya estaba decidida. Los rusos habían salido victoriosos del infierno de Stalingrado y avanzaban por la estepa rumbo a Berlín. En aquellos días, los propios aliados miraban asustados el avance de Stalin.

—Veremos dónde se detiene—decían.

El Reich trataba de buscar traidores entre las filas británicas. Y los encontró, aunque no les sirvió de nada. Simplemente, consiguieron retrasar unos meses la derrota.

Al final, el oro español, confiscado por el ejército ruso, intervenido por el ejército nazi que había servido para sobornar a las más altas cabezas británicas, acaba en un banco suizo, en Carolina del Norte. Introdujo 6 lingotes y apartó el otro. Cerró la caja, giró la llave y se la entregó al director.

—Disponibilidad inmediata—dijo Cooley.

—No se preocupe, señor. Lo hemos dejado por escrito. Este es el contrato por la caja que quedará aquí. Cuando la requiera, llame a este número, siempre habrá alguien para atenderle. En menos de una hora, podrá disponer de ella.

Cooley tomó la tarjeta y la guardó en la cartera, mientras se giraba de nuevo hacia la mesa.

Miró en la mochila y sacó el cáliz. Lo contempló por última vez. No se había separado de él desde el día del asunto Goldman.

Desde el primer día lo consideró como el más bonito de los regalos que había recibido y aunque más bien fue un robo, lo llevó a casa, lo escondió de sus propios hermanos y arrancó dos de las piedras que lo decoraban cuando le dijeron que su padre se estaba muriendo. Pagó un par de buenos médicos que le aseguraron que su padre no sufrió nada.

Lo llevó consigo a Inglaterra, donde le hizo compañía y recordaba su misión constantemente. Los de la raza de Goldman lo acabarían pagando. Su hermana se lo merecía. Su padre también. Llamaba la atención de cualquiera que entraba en su cuarto y le servía de excusa cuando le preguntaban por el origen de su familia. No le era difícil justificarse, teniendo en su poder un objeto como ese, que adornó su estantería durante toda su estancia en la residencia de estudiantes de Cambridge.

Un día, a finales del cuarenta y tres, casi veinte años después de matar a Goldman, acababa de negociar un trato con uno de los más importantes responsables de la RAF. Dos de los lingotes habían ido a parar a una estupenda mansión de Oxfordshire, por informar de los planes inminentes de ataque a posiciones alemanas en el norte de Francia. No era una información extremadamente valiosa, pero venía a confirmar los planes aliados de comenzar el asalto final. Kohl vivía en un piso cerca de la Universidad, junto al río. Dejó el abrigo sobre la silla, y se preparó un whisky para felicitarse por el buen trabajo realizado. El whisky era lo único que le quedaba a estas alturas de la guerra, cuando la derrota estaba casi asegurada y casi toda Europa acabaría hablando ruso, dependiendo de cómo jugaran sus cartas americanos y británicos. Llegaban noticias de nuevas derrotas, que la prensa de Londres festejaba diariamente. No se daban cuenta de que la mayoría correspondían al ejército rojo.

—Van a pasarlas putas los aliados para mantener atada a la bestia soviética—pensaba.

Sin embargo, que Stalin se paseara por su país alegremente le preocupaba, pero su verdadera obsesión eran ellos. Desconocía como habían avanzado los planes de exterminio, pero por muy eficaces que hubieran sido, no se habrían completado. Los periódicos de Londres informaban de que los rusos habían entrado ya en campos de concentración donde se liberaron a cientos de ellos.

Aquella noche había bebido al menos cinco vasos, aunque tampoco estaba seguro y se levantó para acostarse. Al primer paso, tropezó, tirando la silla, la botella y dando de bruces contra la estantería. Cayeron libros, vasos y la Copa que golpeó sobre el canto de la mesa. Fue entonces cuando lo vio. La tapa del pie del cáliz estaba ligeramente abollada y permitía ver parte del interior. Kohl retiró la tapa y observó que el hueco quedaba cerrado, dos centímetros más arriba por dos pequeñas ruedas. A pesar del mareo, consiguió accionarlas y la segunda tapa descendió. Era hueca hasta donde comenzaba la copa pero no estaba vacía. En el interior pudo ver lo que parecía un viejo pergamino, cuidadosamente enrollado para ocupar el mínimo espacio posible. Lo extrajo con sumo cuidado. Al ver lo que tenía entre las manos, la borrachera desapareció súbitamente.

39

Raleigh, 1950

Introdujo el cáliz en una de las otras cajas y lo cerró utilizando las dos llaves. Entregó una de ellas al director y guardó la otra.

—El contrato dice, tal y como solicitó que se redactará, "las cajas enviadas al Almacén central del Swiss Cantonal Bank, habrán de estar disponibles en un plazo no superior a 24 horas. En caso de que las disposiciones técnicas lo permitan, este plazo se tratará de acortar todo lo posible"—leyó el director—. Lo llamamos llaves mellizas. Ambas al mismo tiempo abren la caja y para obtener la segunda es necesaria la primera. El método para obtener la llave que me acaba de entregar es el mismo que antes, igual número de teléfono, idéntico procedimiento.

Quedaba una caja, la más importante. La única importante.

Durante cuatro días, repasó una y otra vez el pequeño pergamino. En realidad eran dos. Algo que parecía un informe médico y una lista de nombres. Los nombres eran españoles y el informe parecía estar escrito en latín. Había estudiado un año de aquella primera lengua mundial en Cambridge, durante el primer curso, y creyó entender desde el principio lo que aquello significaba. De todas formas, buscó un par de diccionarios y empleó muchas horas en perfeccionar la traducción. No podía malinterpretar ni una sola de las palabras. El informe de los tres médicos y la lista no dejaban lugar a dudas. La Solución Final existía. Sólo había que tener paciencia. Quizás tardaría en llegar, pero las nuevas investigaciones en genética dejaban espacio para la imaginación. Meditó durante un tiempo que hacer con esa información porque tal y como iba la guerra, la derrota era cuestión de tiempo. ¿Qué haría el alto mando? Nada, no existía la tecnología capaz de resolver aquella hipótesis planteada casi cuatro siglos antes, al menos no la tenían en Inglaterra y en una Alemania preocupada por defenderse en vez de atacar, las sutilezas científicas quedaban aparcadas temporalmente. No, lo único que conseguiría es que acabara en algún cajón de algún despacho soviético o americano, dependiendo de quién llegara antes a Berlín. Además, hasta que punto creerían en lo que tenían delante de sus ojos. Realmente, ¿no estaría dando demasiada importancia a un par de papeles de más de cuatrocientos años? ¿Cómo podía fiarse de lo que allí estaba escrito? Sin embargo, estaba convencido de que las conclusiones eran ciertas. Quien lo había escondido había sabido interpretar lo que tenía en sus manos tan bien como él, es decir que tenía cierta formación científica.

—Quizás era médico, judío, falso converso. Está firmado en 1499 y buscó un buen escondite—pensó.

Sin duda lo era, pues había permanecido oculto más de cuatro siglos. Finalmente decidió guardarlo. Ya habría otras oportunidades en el futuro, estaba convencido de que no sería necesario movilizar a toda una nación para conseguir el objetivo.

El secreto que sólo él conocía, le ayudaría a terminar con ellos, con los asesinos de su hermana, con los que derrotaron a la Gran Alemania, si la suerte y la ciencia le acompañaban. La prueba de que era posible descansaba, ahora, en una caja de seguridad del banco más seguro del mundo, refugio de ladrones, asesinos y fortunas de origen dudoso. Tal y como habían acordado, el pago por la custodia durante los próximos diez años se haría en oro, así que Cooley le entregó el séptimo lingote al director. Henry se sorprendió ante la pasividad al recibir el pago en oro.

—Veo que están acostumbrados a cobros de este tipo—dijo.

—La gente paga por nuestros servicios, señor. Quieren guardar sus pertenencias y les cobramos por ello. No hacemos más preguntas.

Se alegró de haber elegido banco con unos principios como esos.

—Lo importante es tener unos—pensó—. Los que sean.

Salió del banco y se montó en el coche, dónde, tras una hora, una angustiada y guapísima Josephine, le esperaba. Durante el camino a la facultad, no hablaron. Josephine no hizo ninguna pregunta, aunque le corroía la curiosidad. Así, terminó por conquistarle.

40

Madrid, 2006

—Estupendo, ahora empezamos con acertijos.

Si había algo que no soportara eran las adivinanzas. No le suponía ningún esfuerzo dedicar horas y horas a resolver cualquier problema siempre que nadie supiera la respuesta, pero si alguno de los que estaban presentes partía con ventaja y se hacía el interesante, conseguía desquiciarle los nervios.

—A lo mejor no es muy importante.

—Alguna importancia debe de tener, si no, no lo habría anotado. Es una fotocopia, pero se nota que la frase es más reciente que el papel. Falsifiqué muchos exámenes en el colegio. Sí, sí, no me mires así, ¿tú puedes andar por ahí pegando tiros y yo no puedo hacer trampas en la escuela? Sigamos, la cerveza de anoche me empieza a repetir y cuanto antes terminemos mejor. Tengo cosas que preguntarle a Alberto sobre este picadero que se ha montado en pleno centro. ¿Has visto el jacuzzi?

—Un chico curioso, tu amigo.

—Bastante curioso. ¿Qué narices ha descubierto este hombre y por qué le busca medio planeta?

—Si lo supiera no estaría aquí—contestó Beth.

—Tenemos al tipo más rico del mundo que comenzó su vida laboral como espía durante la Segunda Guerra Mundial. Podía haber sido pintor o carnicero pero fue espía, que le vamos a hacer. No sabemos nada de su anterior vida, al menos yo no estoy al tanto—dijo mientras sugería a Beth una explicación—. ¿Tiene la CIA algo que decir?

—Pues no mucho. La mayoría de los archivos nazis se quemaron o están en la sede del KGB. Ellos llegaron primero a Berlín e hicieron limpieza, como vosotros decís. Lo que nosotros conocemos nos llegó a través de agentes rusos durante los sesenta y por el MI5 que lo tenía catalogado como un agente que huyó antes de ser descubierto. Informaron al gobierno pero en aquella época lo que importaba era luchar contra el comunismo y pensaron que no era ninguna amenaza. Juntando todas las fuentes, parece que nació en Berlín, en una familia bastante pobre, que ingresó en las SA siendo un jovencito y luego lo enviaron a Inglaterra. Allí estudió, se doctoró con una nota excelente y mientras tanto engatusaba a todo el que podía facilitarle algún dato relevante. Luego huyó a América. El resto te lo sabes tú y la casi totalidad del mundo occidental.

Cada vez que la historia avanzaba, Jaime no podía creerse que él formara parte de aquello.

—Madre mía, Beth. ¿Me estás diciendo que un espía nazi, miembro de la SA desde joven, o sea, que en algún momento comulgó con Hitler y sus amigos, llegó a Estados Unidos y nadie se preocupó? ¡Joder, ni nuestras fronteras son tan malas! Bueno, exagero. No hay nada más inútil que la frontera española. ¿Y a nadie le pareció sospechoso todo esto?

—Creo que no conoces mucho de la posguerra. Cuando Alemania cayó, la URSS y nosotros competíamos por el número de científicos con los que quedarnos. Alemania perdió la guerra, pero no olvides que tuvo de rodillas a medio planeta y, entre otros motivos, porque su tecnología estaba muy por delante de la nuestra. Si hubo bomba atómica fue por ellos y si existen misiles intercontinentales o cohetes a la luna, también es debido a las ideas que tuvieron sus científicos. Así que, mientras no se dedicara a matar judíos en sus ratos libres, para nuestro gobierno no era más que un buen científico. Alemán y probablemente nazi, sí, pero como tantos otros a los que los grupos nazis americanos ayudaron a entrar en el país, con el beneplácito y control gubernamentales.

—A lo mejor se ha dedicado a eso todos estos años.

—¿A qué?

—A matar judíos.

—No creo.

—Puede que no haya acabado con ninguno y que haya estado preparándose durante más de medio siglo. Sinceramente parecéis el CNI. Un espía se instala en Estados Unidos, suponemos que es nazi o que lo fue en algún momento, encuentra un puesto en la Universidad y al cabo de unos años monta una empresa que le va muy bien. Y de repente, en vez de invertir sus beneficios en explotaciones de petróleo en Libia o en cualquier paraíso dictatorial, decide montar un laboratorio supersecretodelamuerte. Beth, revisé el trabajo que allí hicieron cuando empecé a trabajar, es espectacular y lo sabes. Al menos 15 años de adelanto sobre la ciencia internacional. Hacían PCRs cuando nadie sabía ni siquiera de su existencia. ¡Y no lo publicaban! Yo hubiera ordenado que entraran en ese laboratorio y lo desmontaran pieza a pieza. ¿Y nunca nadie se preocupó por si este hombre tenía una sucursal del Instituto de Higiene Racial en Carolina del Norte?

—Bueno, esas cosas pasan. Estábamos ocupados intentando que el mundo no se convirtiera en un Gulag global, qué quieres que te diga, la vida de Cooley no era prioritaria para la paz mundial.

A veces, con demasiada frecuencia, el mundo se despierta y se da cuenta de que la verdad estaba justo delante de sus narices, avisando una y otra vez, hasta que se cansa y aparece en escena, en forma de cadáveres la mayoría de las veces. Y entonces, sólo entonces, todo son prisas para tapar el agujero o el cráter correspondiente. Jaime comprendía que esta era tal vez, una de esas ocasiones en las que la ineptitud humana, o, como decía su abuela, la dejadez, causaban un daño irreparable.

—Pongamos todo en orden de nuevo—decidió Núñez—. Un espía nazi, bastante ducho en ciencias, levanta en Estados Unidos la mayor empresa del planeta y dedica su dinero a un laboratorio en el que nadie sabe a lo que se dedica, ni siquiera los jefes. Está obsesionado con la genética pero sin embargo, algo debe moverle para guardar el secreto porque, sinceramente no le importa mucho la actividad de las proteínas que le facilitamos sino solamente su bloqueo. Un método un tanto tosco, pero con cierto sentido desde un punto de vista holocáustico, y perdóname la ocurrencia. Supongamos que el tipo busca alguna manera de terminar con el pueblo judío e intenta buscar una solución global, para todos los judíos. ¿Voy bien?

—Sí, eso ya se nos había ocurrido. Pero, ¿por qué desaparece sin dejar rastro? ¿Y cómo alguien con una formación excelente se le puede ocurrir semejante majadería?

—Pues, por este orden, ya ha encontrado la respuesta y, conoce algo de lo que nosotros en particular y la humanidad en general no tenemos ni puta idea. ¿Te valen las respuestas?

—Se me antojan un poco escasas. Aunque estoy seguro de que se te ocurre algo mejor.

Jaime sonrió, ver que los demás sabían que estaba a punto de resolver un problema le daba un aire de superioridad que sentaba estupendamente a su ego.

—Creo que la respuesta a la primera pregunta está en los códigos y tengo alguna idea más que interesante. En cuanto a la segunda, tendremos que encontrar al viejo para que nos la responda. ¿Suiza?

—Es posible, los números de cuenta se corresponden, y claro, como todos los ricos y maleantes del mundo tenía cuentas en Suiza. Además, las dos primeras las abrió nada más llegar a América.

—Vamos bien, esto avanza mejor de lo esperado. Hay un tren hotel a Basilea que sale en una hora. Para sacar el billete no hay que identificarse ni pueden saber quiénes ocuparán el compartimento. Es mejor que tomar un avión. ¿A qué aprendo rápido la profesión?—dijo felicitándose.

Sin embargo, cumpliendo con la ley de Murphy todo lo que es susceptible de empeorar, empeora, y siempre en el momento más inesperado, que suele coincidir con el instante en el que uno cree que las cosas se van a solucionar. Alguien llamó al telefonillo.

—Mierda.

Jaime miró inmediatamente a Jones. La especialista en estas situaciones era ella, y le exigió que así fuera y diera una respuesta.

—Al garaje.

—Joder, qué lista.

—Imbécil. Si quieres nos descolgamos por la ventana con un par de ametralladoras en los dientes.

—Vale. Cogeré el portátil.

Jaime corrió a la habitación, mientras Beth se asomaba cuidadosamente a la ventana, deslizando la cabeza entre las discretas cortinas naranja con lunares negros. Dos Ford Mondeo negros aparcados en la puerta y dos hombres en el portal. Williams era uno de ellos y puedo distinguir a Jake al volante de uno de los coches. Lamentablemente para ellos, no habían cortado el paso por el garaje que se encontraba en la otra punta de la manzana, error de principiantes que todavía les concedía una oportunidad.

41

RTP, Carolina del Norte, 1977

El chofer abrió la puerta de la limusina. Henry Cooley se bajó del coche y como siempre, dio las gracias al conductor. Apoyado en la cabeza de lobo de oro macizo de su bastón, avanzó hacia la puerta principal de Cooley Corporation. Aunque había un parking con ascensor directo a su despacho, él nunca lo utilizaba. El resto sí, pero él no. Pedía que le dejaran en la puerta a las ocho en punto, como los últimos diez años, y entraba caminando, saludaba a los vigilantes, a la recepcionista y cogía el ascensor junto con el resto de empleados.

La sede de la compañía se levantaba en la mitad del bosque. Como muchas otras empresas farmacéuticas habían elegido ese paraje para desarrollar sus actividades, pero ellos habían sido los primeros, de hecho. Cuando levantó el cobertizo en el que comenzaron a fabricar Tenopril, más de un camión se atascó en el barro del camino, ya que no había carreteras. Allí trabajaron él, su mujer, Josephine, y tres jóvenes investigadores que se llevó del laboratorio de Livinstein.

En el año sesenta decidió que sabía todo lo que académicamente necesitaba sobre biología molecular. Cada día se producía un avance en el mundo, que sorprendía a todos aquellos que no trabajaran en ese campo; llegaría un día en que los científicos se especializarían en una sola proteína y sería difícil conocerla por completo, así que para qué seguir allí si él tenía otros planes. En la universidad era director de un grupo que buscaba los fundamentos moleculares de la hipertensión arterial, algo a lo que se daba cada vez más importancia y se creía relacionado directamente con los infartos que mataban a la cada vez más obesa y sobrealimentada población norteamericana. Su grupo, formado por un químico, un físico y dos biólogos moleculares, comenzó bajo la teoría de la distinta respuesta racial a diferentes situaciones. El número de negros que fallecían por infartos era superior al de blancos, y en ello, estaban convencidos influía la mayor cantidad de pacientes con hipertensión en esa raza, no sólo la peor atención médica que recibían. Comparaban muestras de riñones blancos frente a negros y encontraron diferencias significativas. Determinadas enzimas estaban expresadas en unos más que en otros. Este descubrimiento le hizo confiar más aún en su misión. En la Universidad no conseguiría avanzar hacía su objetivo, la financiación era limitada y aunque sus recursos no eran nada despreciables, intentar desenmarañar la doble hélice por completo necesitaba de tiempo y sobretodo dinero a espuertas, así que un día decidió dejarlo.

Durante aquellos años, nunca tuvo ningún problema con la justicia. Las agencias de seguridad habían perdido el interés en todo lo que no fuera comunista, y precisamente él, no lo era. Sabía que conocían su pasado o al menos lo sospechaban y de vez en cuando lo seguían. Siempre se preguntó si conocían todas sus actividades en Inglaterra o parte, o si solamente que había sido un oficial nazi o simplemente, no sabían nada y sólo le vigilaban por si acaso. En cualquier caso, su vida era pura rutina. Se casó con Josephine exactamente un año después de pisar por primera vez Estados Unidos, compraron una bonita casa cerca, en las afueras de Raleigh y se dedicaron a ser felices. Josephine no se preocupaba de su pasado, y aunque sabía que Henry no era precisamente un caballero inglés, no le importaba. Lo quería, por eso no preguntaba de donde salía el dinero siempre que tenían algún apuro, o cuando él la regalaba el vestido más caro que podía comprarse en la ciudad. Tampoco se preocupaba si, una o dos veces al año un coche les seguía o si se ponía furioso con la simple presencia de un judío en la televisión. Era un buen padre, cariñoso con ella y sí, era racista, pero vivían en un país que tenía escuelas separadas, autobuses separados y baños separados según el color de la piel, y su marido nunca había tratado a un negro de modo inferior a un blanco. Si no le gustaban los judíos, ella no iba a decir nada.

Saludó amablemente a la recepcionista, y se dirigió a su despacho en la tercera planta. Esperó el ascensor con el resto de empleados y él mismo pulsó el botón.

Los nuevos se sorprendían de que el jefe, rico, millonario, el dueño de todo aquello, compartiera con ellos entrada y ascensor, más cuando la mayoría de jefes de departamento utilizaban siempre el ascensor del parking subterráneo. Un tipo raro, decían al empezar, pero algún veterano siempre contaba cómo despidió a Jack Travis, director financiero de la compañía.

—Escucha, entro por la puerta porque quiero ver que todo está limpio y la gente contenta en su trabajo. Deberías hacer lo mismo Jack, tienes una empleada embarazada que casi no puede ni andar. La he dicho que puede quedarse en casa el tiempo que estime conveniente. Tú puedes irte a casa para siempre, no olvides recoger tu finiquito.

Y cuando oían esa historia, cambiaban de impresión. No en vano, la Cooley Corporation era una de las empresas que mejor pagaban y prácticamente nadie la abandonaba. A la gente le gustaba trabajar allí. Henry salió del ascensor y se encaminó a su despacho.

—Buenos días, Evelyn, ¿qué tal esta noche? ¿La dejaron dormir los gemelos?

—Sí, señor. Hoy han dormido toda la noche de un tirón. Pero no creo que dure mucho, ayer le vimos asomar el primer dientecillo a Chris, así que la paz durará poco. Ya están todos esperándole.

—Gracias—dijo dejando el abrigo y el sombrero.

—Buenos días, señores. ¿Alguna novedad interesante por los sótanos?

Asistían a la reunión, Jonathan Matthews y los hermanos Young, Cliff y Brian. Entre los tres dirigían a más de 1000 investigadores, los más brillantes en su campo, todas jóvenes promesas captadas directamente en las mejores universidades a golpe de talonario.

Jonathan Mathews era, por aquel entonces, el coordinador de aquel grupo del sótano, aunque con su talento podría liderar cualquier equipo científico. Sin duda, su último logro había sido muy importante. Consiguieron descifrar el código genético del virus bacteriófago MS174, lo que les valió el reconocimiento internacional y, nuevamente, un montón de preguntas sobre en qué se trabajaba en la Cooley Corporation. Era el primer organismo ADN que se secuenciaba y aunque un grupo belga consiguió meses antes la secuencia de un virus ARN, era un gran éxito igualmente.

Cuando dejaron la Univesidad, Cooley y Josephine convencieron a tres de sus colaboradores para que se les unieran. Matthews era uno de ellos, el más joven, un imberbe becario recién licenciado en química, que preparaba el doctorado, con una mente extraordinariamente intuitiva, obsesivo del trabajo y sobretodo, con una ganas terribles de hacer dinero. Así que se la jugó. Y no le salió mal. Ahora, dirigía un grupo pionero en secuenciación y aunque seguía trabajando casi veinte horas, era muy rico. También era el único que quedaba con vida, ya que sus dos compañeros de aventura murieron en el incendio de los viejos laboratorios del sótano.

En apenas un año y siguiendo con la comparaciones raciales, consiguieron encontrar a qué enzimas del sistema renina—angiotensina dirigirse y en un golpe de suerte como tantos otros, la suerte sonríe a las mentes preparadas, acostumbraba a decir Cooley copiando a Pasteur, encontraron el tenopril. Aunque no tenían capacidad para comercializarlo, Cooley consiguió que el mayor gigante farmacéutico del país, Pfimer, lo fabricara y lo distribuyera. En una maniobra financiera que el Wall Street Journal calificó como el contrato del siglo XX, la Cooley Corp. se aseguró el noventa por ciento de los beneficios del producto mientras durara la patente. A cambio, pagaban los costes de fabricación y el diez por ciento restante a Pfimer. El fármaco fue un acontecimiento médico desde el primer día, revolucionando el tratamiento de la hipertensión y Cooley consiguió la financiación ilimitada que necesitaba. Abandonaron el cobertizo y levantó un nuevo edificio de cuatro plantas. El sótano, sin embargo, fue el lugar elegido para el desarrollo de su proyecto, al frente del cual estuvieron sus tres ayudantes, Matthews y los desaparecidos Carlson y Ford.

Al poco tiempo éstos, pidieron tener más peso en la compañía, no entendían por qué el éxito del Tenopril se dedicaba en su mayor parte a las extrañas investigaciones de Henry.

—La Universidad es una cosa, y se investiga por amor al arte porque esa es su función, pero esto es una empresa privada—decían—. De momento vivimos muy bien con el tenopril, pero, ¿qué pasará en unos años?

Tampoco comprendían la naturaleza de las investigaciones, todas ellas encargadas directamente por Cooley. Genética, genética y genética nada más. Incluso creó un departamento que se encargaba de bucear en las revistas y buscar cualquier referencia, cualquier estudio relacionado con genes.

—Alguien descifrará el código humano, y entonces podremos leernos a nosotros mismos, podremos diseñar tenopriles específicos para cada uno de nosotros. ¿No lo consideráis importante?—les contestaba.

Pero todo aquello se les antojaba muy lejano. Henry decidió apartarles del proyecto y les envió a dirigir el departamento de investigación y desarrollo farmacéutico.

—Podéis dedicar todo vuestro empeño en obtener nuevos fármacos para la compañía.

—Estamos logrando buenos avances gracias a la técnica de la polimerasa— indicó Matthews—. Sin duda tuviste una gran idea con ese grupo de documentación. El artículo de Kepple pasó prácticamente inadvertido. Ahora bien, los problemas surgen al cortar cadenas de ADN demasiado grandes. Estamos un poco verdes en cuanto al uso de enzimas de restricción y quizás ahí tengamos una posible solución. Por mucho que hayamos conseguido secuenciar el genoma de este virus, el más pequeño de los invertebrados supone un desafío imposible a día de hoy, Henry. Es como si fuéramos ciegos. Tenemos la hebra de ADN, y sabemos que cortamos, pero no sabemos ni dónde, ni cuándo. Luego la dificultad para ensamblar esos pedazos es casi, infinita. Si la secuencia es corta, podemos ir probando pero si no…. De todas formas, bueno, hace veinte años casi no conocíamos su estructura, así que encontraremos la manera.

—Sigue trabajando así. Debemos mantener en secreto los avances de la PCR. Nos da una ventaja importante frente a cualquier otro grupo, si alguien nos pregunta, utilizamos los mismos métodos que el resto, simplemente dedicamos más gente, ¿de acuerdo?

—Ok. Tú eres el jefe. Hace tiempo que el reconocimiento académico dejó de importarme. Concretamente desde que compré mi tercera casa en Malibú. Me encanta recibir correspondencia de otros grupos llamándonos farsantes.

—Ya sabes que la publicidad debe ser la mínima. Sólo debe importarnos nuestro objetivo final, poder leer nuestro código por completo—mintió Cooley—. Eso es lo que nos debe guiar.

42

Basilea, 2006

El frío le estaba fastidiando sus últimos días aunque la potente calefacción del coche en el que viajaba desde el aeropuerto de Basilea era una bendición. Tras diez horas de vuelo sólo quería que sus casi centenarios huesos descansaran en la cómoda suite del Hotel Victoria, un discreto establecimiento de cuatro estrellas donde le gustaba alojarse en sus habituales visitas no oficiales a Suiza, durante los últimos treinta años. Por supuesto cuando el viaje se acompañaba de prensa y autoridades se instalaba, acompañado de toda la parafernalia que le seguía, en los lujosos y modernos hoteles del otro lado del Rhin. Pero hoy no era uno de esos días. No tardarían en encontrarle, y suponía que le quedaban un par de días antes de tener que responder a todas las preguntas del mundo.

A la mañana siguiente, el coche blindado del SCB le esperaba de nuevo en el garaje. Dentro, como siempre, su director. A las siete y media en punto, la puerta del ascensor de la suite se abrió. Viejo traje de tweed para Cooley y elegante terno de Armani para el hijo.

—Te helarás de frío. Estamos en diciembre, hijo, y esto no es Florida. ¿Estás esperando a cumplir los sesenta para aprender estas cosas?

El Mercedes 600 arrancó y buscó la autopista con dirección a Zúrich.

—Tardaremos menos de una hora, señor Cooley.

—Lo sé, Thomas. No es la primera vez que vengo y siempre me lo recuerdas cuando me monto en el coche.

186

—Manías de un empleado a punto de jubilarse, señor.

—Lo sé. Soy tan viejo que me gusta que me cuenten las cosas treinta veces—sonrió.

En el mismo centro de la ciudad se levantaba un imponente edificio de piedra, de trece plantas, sin contar los cinco bajo el nivel de la calle, muy alejado de la estética de los grandes rascacielos norteamericanos pero que transmitía seguridad, discreción y trabajo duro. Como siempre, entraron directamente al sótano. Con paso firme, apoyado en su bastón, y después de dar su típica propina de quinientos francos al conductor, los tres se dirigieron hacía el ascensor de las cámaras. Los clientes especiales, y Cooley era el más importante de todos, tenían una llave que les permitía acceder a las cajas de seguridad sin necesidad de presentarse en el banco y pedir a ningún empleado que le acompañara. Por supuesto, lo que inicialmente eran dos llaves, ahora era una identificación de voz, otra de retina y, por expresa decisión del dueño del banco, mantuvieron las viejas llaves sólo para la apertura de las propias cajas.

Tras salir del ascensor, un largo corredor, jalonado por tres puertas de acero de diez centímetros de espesor cada veinte metros, se abría paso hasta la estancia principal.

—Me hacéis sentir como Maxwell Smart— decía Cooley.

—Siempre hace el mismo chiste, señor Cooley—contestó sonriente Thomas.

—Es que soy mucho más viejo que tú.

Cada una de las puertas, custodiada por un fornido guardia, armado con una escopeta de cañones recortados, porra eléctrica y spray de pimienta, se abría solamente con la identificación vocal. La última puerta solamente permitía el paso a una persona, en casos excepcionales, hasta dos personas podían permanecer en la cámara, lo que siempre suponía un engorro para el banco ya que había que reprogramar el sistema, aunque los contratos especificaban el coste por dicha actividad. Cincuenta mil francos.

—Tardaré poco.

—¿Me quedo aquí papá? ¿Cómo siempre?

—Sí, no he traído dinero suficiente para que pases.

No confiaba en su hijo, al menos no en este asunto. Malcriado e infantil, se comportaba a veces como un chaval de veinte años, impulsivo y bocazas. Aunque no se le daban mal los negocios, tardaría dos martinis en contar a cualquier rubia operada lo que su padre había cuidado con tanto mimo durante más de cincuenta años.

Se abrió la puerta y entró. Una sala redonda, de unos cuatro metros de alto, con las paredes cubiertas de pequeñas cajas relucientes de cuarenta de ancho, cuarenta de alto y un metro de profundidad, escondía los secretos inconfesables de los ricos y golfos de todo el mundo. En el centro, dos mesas grandes y un par de cómodas sillas. Su caja, la 1116, se encontraba en la esquina derecha. Introdujo las dos llaves y las giró al unísono. El mecanismo de sujeción se liberó y extrajo la caja del gran panel, poniéndola con dificultad sobre la mesa. Se quitó la chaqueta, la colocó en el respaldo y se sentó. Un pasillo demasiado largo para su edad, a pesar de ser el nonagenario más en forma del planeta.

Destapó la parte superior del estuche y como siempre, allí estaba. La copa por la que tantos esfuerzos había hecho, en la que había invertido el trabajo y el dinero de toda su vida, que encerraba un secreto que, años atrás se le antojó fundamental y que ahora, a punto de morir, no le parecía tan importante. Había resuelto el enigma y había encontrado la solución al rompecabezas, la solución final era un hecho. Pero él ya no lo era. Su conciencia le preguntó cada mañana si merecía la pena y la respuesta fue siempre que sí. Por su país, por Anna y por Josephine, pero ahora, tantos años después, sólo tenía ganas de morir. Podía plantearlo como un reto, lo había logrado, tenía el arma más poderosa de la historia de la humanidad en el bolsillo de su chaqueta y la información suficiente para reproducirla cuantas veces fuera necesaria en la cartera. Cincuenta años de investigaciones resumidas en aquel vial y apenas cuarenta páginas. Información suficiente para ganar los próximos cinco premios Nobel.

Guardó el sobre y la pequeña caja acolchada con uno de los viales que le había fabricado el departamento de Jones dos semanas atrás y dejó todo tal y como lo encontró. Miró a su alrededor e imaginó la cantidad de secretos de los que estaba rodeado.

—Vámonos—dijo al salir de la sala.

—¿Le esperamos mañana, señor?

—Le llamaré antes del mediodía de mañana. Tengo que arreglarme con mi conciencia.

43

Madrid 2006

—Cuando se abra la puerta del garaje pisa a fondo. No tienen la calle bloqueada pero te verán salir al doblar la esquina así que cuanto más rápido, más tardarán en cogernos. Tendré que ir en el asiento trasero, no tengo ganas de que me peguen un tiro, valgo menos que nada—indicó Beth con total tranquilidad.

—Ah!, pues estupendo, que me lo peguen a mí.

—Sólo quieren hablar contigo otra vez, quizás no sepan que estás conmigo.

—Por favor, Beth ¿no has dicho antes que nos localizarían por el móvil?

—Sí, pero han tardado muy poco. Alberto a lo mejor…

—Espero que no.

Estaba perdiendo las riendas, si no las había perdido ya tiempo atrás y parecía que el caballo no se pararía por mucho que él se empeñara y encima sus amigos estaban cayendo en una red que él no había tejido.

Metió primera y descargó los caballos que aquella maravilla de la ingeniería tenía. Tal y como predijo Beth, uno de los hombres apostados en el portal, les vio. Pero como tantas otras veces, las genialidades de eso que se llama el ser humano, concretadas en forma de todoterreno, se neutralizan por algo más banal, absurdo, sin sentido ni explicación ninguna. El caótico tráfico de Madrid, por mucho Porsche que llevara, inutilizaba cualquier idea o intento por desplazarse a una velocidad superior a la de una amable viejecita volviendo de hacer la compra.

—Hay que salir cuanto antes a la M30—dijo confiado.

—Por favor, Jaime. Acelera, acelera como no lo has hecho en tu vida, métete en dirección contraria, pero hazlo. Los tenemos pegados. ¡Vamos, vamos!

La calle Alcalá a la altura de Goya, estaba como siempre, atascada. Los dos coches se acercaban rápidamente, haciendo eses entre el resto de vehículos y recibiendo todas las lindezas por parte del resto de conductores que una situación así se merece. Jaime los controlaba por el retrovisor. El embotellamiento no les permitía acercarse todo lo querían, aunque eso no le era suficiente porque si querían llegar a la estación tenían que despistarles por completo. Pero aquellos tenían más experiencia y con un volantazo invadieron el sentido contrario y avanzaron a gran velocidad, acercándose rápidamente. Pero quizás no contaban con el miedo del adversario, esa cualidad que hace poderoso al más débil. Por el espejo del conductor, Núñez sintió el reflejo de algo metálico, alargado. Podía ser una agenda electrónica, un móvil, el envoltorio de una chocolatina o cualquier otro objeto. Pero a él, no le pareció nada de eso. Una pistola, un rifle o un bazoka, le daba igual, aquello era un arma, y no tenía ninguna intención de esperar a saber que iban a hacer con él. Primera, volante hacía la izquierda y se incorporó al otro sentido. Sin duda esto sería portada mañana en cualquier suplemento local.

—Pobre Alberto, la de multas que va a tener que pagar.

—No te preocupes por eso ahora—respondió Beth desde el asiento de atrás.

El cruce de la plaza de Manuel Becerra estaba imposible, gracias en parte al excelente trabajo de los agentes de movilidad del ayuntamiento que atraían, como la miel a las moscas, los atascos.

Tocó el claxon todas las veces que pudo y vio un hueco entre un coche de bomberos que volvía al parque central y dos hormigoneras. Si conseguía pasar, tal vez sus perseguidores quedarían atrapados. Aceleró, reventó dos espejos retrovisores de sendos taxis y obligó a dos agentes a ir al suelo para salvar el pescuezo. Pasó. Sin embargo sus amigos también.

—Esto tiene que ser una pesadilla—pensó

Y no lo decía porque hubieran superado al coche de bomberos. Un motorista, todo vestido de negro, excepto el casco, blanco impoluto, hizo acto de presencia. Pudo ver como se acercaba a lo lejos, a todo gas, sorteando coches como un bolo que no quiere ser derribado. Se situó a la altura del segundo Ford y, haciendo gala de una conducción extraordinaria, introdujo su mano en la cazadora de cuero y sacando un tipo de escopeta que Núñez no pudo clasificar, descerrajó un tiro en la rueda trasera del coche que derrapó y dio dos vueltas antes de estrellarse contra la puerta de la estación de bomberos.

—No sé quién eres pero gracias. Esto empieza a estar más igualado—pensaba Núñez mientras enfilaba la plaza de toros—. Ya estamos cerca de la autopista, Beth.

El motorista misterioso se puso entre ambos coches. Jake y Williams sorprendidos por su aparición intentaban adelantarlo sin éxito. El primero intentó solucionar la situación por la vía rápida y disparó a la moto. Falló. Pero parecía que ésta esperaba algo y permaneció a tiro con rápidos y cortos cambios de dirección hasta que llegaron a Ventas. Al llegar a la raqueta, frenó bruscamente, obligó al Mondeo a hacer lo mismo para evitarle, pero con su mayor inercia superó por la derecha a la motocicleta y en un abrir y cerrar de ojos, el misterioso caballero andante, le reventó las dos ruedas traseras.

—Eres un fenómeno tío—agradeció Jaime.

Una vez parado en el semáforo, en la misma incorporación a la autopista, la moto se puso a la altura de Jaime y Beth. Una nueva sorpresa para continuar la jornada.

—Sigue a la estación, no te preocupes, la policía no te seguirá, las cámaras no funcionan. Hazme caso, no te fíes ni de tu sombra—aquella voz, familiar y perfectamente reconocible, terminaba por derrumbar los pocos cimientos que quedaban en pie en la vida de Núñez.

—No me jodas…—dijo mientras pensaba porque no prefirió dar una vuelta al mundo en lugar de volver a su pequeño barrio madrileño el día que lo despidieron con tres millones de dólares en el bolsillo.

44

RTP, Carolina del Norte, 1977

Los hermanos Young, Cliff y Brian, matemático y químico, dirigían el grupo de computación y química combinatoria. El primero trataba de buscar alguna explicación teórica a los resultados de Matthews, intentando encontrar si había forma humana de combinar aquellos millones de fragmentos que le enviaban diariamente y que, en algunos casos se podían leer de cientos de maneras diferentes.

—Seguimos sin suerte, Henry. Aunque creímos localizar ciertas pautas de repetición en función de las diferentes muestras que nos remiten desde secuenciación, la mayoría no indican nada. Como dice Jonathan son zonas muertas. No parece que tengan ninguna importancia biológica, a pesar de no ser mi campo, claro está.

Cuando los encontró de nuevo en uno de los laboratorios del sótano, Henry supo que aquello no acabaría bien.

—¿Qué son estos códigos, Henry?—preguntó Carlson.

—Nada que te importe.

—Pues creemos que sí—intervino Ford—. Fuimos bastante tontos al no preguntar nunca de donde procedían las muestras que nos enviabas. Me pregunto si Jonathan sabe esto. ¿Qué te propones, loco?

—No sé de que me estás hablando—respondió Cooley con calma—. Y ahora salid, esta es mi empresa y, por cierto, no os queda mucho tiempo aquí.

—Empresa que no hubieras levantado sin nosotros dos. Te lo recuerdo. Empresa en la que nunca nos dejaste participar y en la que seguimos siendo unos empleados más. Pero esto creo que te hará cambiar de opinión.

—¿El qué? No tenéis nada, una hoja que dice el origen de las muestras que se tratan en el laboratorio. ¿Qué vais a hacer con eso inútiles? ¿Ir a la policía? Sabéis que tenemos permiso para usar muestras humanas. Tenía que haberos dejado con Livinstein. Quizás estarías terminando de pagar vuestro primer coche. Ni en sueños podríais haber imaginado tener la vida que tenéis.

Cooley tenía toda la razón del mundo. Las ideas siempre habían sido suyas y pocos ejecutivos del país podían presumir del sueldo de sus empleados. Sin embargo, todavía les quedaba un último intento.

—Quizás a Israel le apetezca cazar a algún alemán rabioso, como tú.

Henry acusó el golpe.

—¿Cómo lo habrán sabido?—se preguntó.

Lo pensó mejor. A lo mejor no sabían nada. Era la primera vez que su pasado le preocupaba realmente desde que estaba en América. Habían mencionado la palabra mágica. Israel. Primero, sólo escuchar la palabra le producía náuseas. ¿Cómo podían haberse vendido de esa manera los gobiernos occidentales? Segundo, porque si algo le provocaba pánico era la posibilidad de que el gobierno israelí encargara a sus grupos de Vengadores una misión contra él. Lo pensaba muchas veces, algunas noches las pasaba en vela en el porche de casa, fumando cigarro tras cigarro hasta que

Josephine se levantaba, le traía una manta, un vaso de leche y un abrazo. Luego, más fríamente, lo analizaba y se daba cuenta de que, sí, había sido un oficial nazi, pero como tantos otros. Odiaba a los judíos, buscaba su propia Solución, pero no se le podría imputar ni un solo crimen de guerra. Él fue un espía, nada más.

Qué hubieran encontrado los códigos no tenía la menor importancia, pero si conocían algo de su pasado, cambiaba las cosas. Si se hiciera público, su empresa y sus investigaciones estarían vigiladas escrupulosamente. Y eso retrasaría enormemente el proyecto. Farol o no, había que tomar de nuevo el control de la situación.

—De acuerdo, subamos. Hablaremos en mi despacho de vuestro futuro, todos sabemos ser generosos.

—Nos vamos entendiendo, jefe—rió Ford, mientras salían del laboratorio.

Cínicamente, deslizó su mano hasta la base del bastón y con dos golpes secos en la nuca, por la espalda, como le enseñaron antes de partir a Inglaterra, tumbó a sus dos colaboradores.

—Ni con las mejores cartas se gana siempre, queridos.

Rápidamente, recogió cada uno de los cuerpos y los arrastró de nuevo dentro del laboratorio. Un bote de ácido clorhídrico le serviría para borrar el rastro del golpe. Luego, derramó acetona sobre ambos cuerpos y prendió fuego al laboratorio.

Cuando salía por la puerta, pudo oír como uno de ellos comenzaba a despertarse.

—Mala suerte, sufrirás más de lo debido, bobo—pensó.

—Está bien, Cliff. Seguid intentándolo. No desesperéis. Tened paciencia. Acabareis encontrando la respuesta.

—Henry, vamos a ciegas. Analizo y analizo secuencias. Tengo veinte chicos trabajando en ello. Mentes prodigiosas, créeme. Que disponen de los medios más avanzados. ¡Dios mío, esos ordenadores que nos acabas de traer no los tienen ni en la NASA! Publicamos en las mejores revistas, aunque no todo lo que podríamos. Pero realmente no sabemos que buscamos. Repeticiones, dices. Pero, ¿para qué? Sé cuáles son los términos de nuestro acuerdo, del de todos los que estamos aquí. Pero con algo más de información llegaríamos antes a la solución.

—Efectivamente, ya sabes cuáles son las condiciones para disponer de esos medios y publicar en esas revistas—zanjó Cooley.

45

RTP, Carolina del Norte, 1991

Era el tercer día de lluvias ininterrumpidas. Desde el lunes parecía que Noé buscaba trabajo en Carolina del Norte. Y Dios decidió pasarse por allí también. Los coches se amontonaban a la puerta de la mansión Cooley, como una procesión de hormigas. El servicio de seguridad había decidido dejar la verja automática abierta permanentemente. Accionarla cada minuto era perder el tiempo, las lluvias embarraban el camino de entrada y nadie entraría a robar en esas circunstancias.

A través de la densa cortina de agua, el guarda pudo ver dos motoristas de la policía del estado escoltando una limusina.

—Otro pez gordo—pensó.

Al cruzar la garita pudo ver al gobernador y su esposa, buenos amigos de la familia. Las señoras se reunían todas las semanas en la asociación de mujeres de Raleigh, un lugar en el que las ricas esposas de los ricos más ricos de Carolina del Norte, hacían galletas, repartían sopa a los vagabundos y se sentían un poco mejor con ellas mismas. También decidían a quién entregar las donaciones que sus acaudalados esposos hacían habitualmente. Donaciones que se encargaban de publicitar todo lo posible, por supuesto y que, por supuesto otra vez, desgravaban un porcentaje interesante de impuestos.

Josephine abandonó la sede de la asociación el lunes a las seis de la tarde como siempre. Habían hecho bizcochos durante todo el día y acaban de entregárselos a los jóvenes que los repartirían entre los sin techo, en el viejo albergue de la calle Morgan, durante la noche. Seguirían sin techo, sin subsidio y sin seguridad social, pero tendrían una sopa caliente y un pedazo de harina cocida. Miguel, el chofer, la esperaba en la puerta como siempre. Llovía desde por la mañana, así que abrió el paraguas y la acompañó hasta la puerta del Lincoln Continental negro.

—Llueve mucho, Miguel. ¿Ves bien? A mí me es muy difícil enfocar más allá de la acera, serán los años. Me estoy haciendo vieja.

—Está usted estupenda, señora Ya le gustaría a más de una jovencita parecerse a usted. Soy ecuatoriano señora, en mi país, cuando llueve, es siempre así. No se preocupe, basta con ir un poco más despacio.

Sin embargo, en el cruce con Lenoir, un Aston Martín Viraje rojo, que acababa de saltarse un semáforo, apareció como un relámpago en la oscuridad. El morro afilado del deportivo atravesó el Lincoln como una sierra, partiéndolo por la mitad.

Miguel, trató de despertar de aquella pesadilla, aunque no sabía muy bien cómo. En sus treinta años como conductor profesional nunca había tenido un accidente y, ahora, se encontraba vivo de milagro.

—¿Se encuentra bien señora Cooley? ¿Señora?—preguntó aturdido. Intentó girar el cuello pero no pudo. Se desabrochó el cinturón y se dio la vuelta. El golpe, seco, había partido el coche por la parte trasera. A pocos metros, un joven de unos veinte años agonizaba tras salir despedido por el parabrisas. Junto a él, sentada todavía, con el cinturón abrochado, la señora, inmóvil, yacía sobre el asfalto, empapada por la tormenta, las perlas esparcidas por el suelo, con el gesto dulce y amable que siempre la acompañaba. Muerta.

El gobernador Francis y su esposa encontraron a Colley sentado junto a su mujer, la cabeza entre las manos, apoyadas en el bastón. Era un anciano, que esperaba que fuera su mujer quien lo enterrara, nunca al revés. La naturaleza debía matar por orden, y a ella le tocaba morir veinte años después. Pero volvía a ser injusta con las mujeres de su vida. Primero su hermana, luego su madre, que no abandonó Berlín hasta que la bandera soviética ondeó en el Parlamento y de la que no pudo despedirse, y ahora ella. Su compañera silenciosa durante los últimos cuarenta años, había muerto estúpidamente. Una decisión absurda, decidía sobre la vida de los demás. Siempre era así desde que tenía uso de razón.

Se levantó y se abrazo a Francis. Eran buenos amigos, de conveniencia pero amigos al fin y al cabo. Se ayudaban mutuamente y Cooley colaboraba con el partido generosamente. Sus donaciones le habían traído algún problema con la prensa durante las últimas elecciones, la Cooley Corporation seguía siendo un misterio, pero sólo podía estar agradecido, como tantos otros allí presentes. El alcalde Appletree, el senador Sánchez, los rectores de Duke y de la Universidad de Carolina del Norte y un gran número de sus empleados se encontraban en el porche del jardín, junto al camino que llevaba al establo.

—No sabes cómo lo siento, Henry. ¿Cómo te encuentras?

—¿Tú qué crees, amigo mío?

—Me han dicho que el chico ha muerto hace unas horas. Era cuestión de tiempo. Su padre vendrá a verte, me ha llamado mientras veníamos.

Los ojos de Cooley miraron fijamente a Francis. Tenían pocos amigos que no fueran comunes. Aquella familia, estarían pasando un drama peor que el suyo. Quizás pudieran consolarse mutuamente.

Vestido de luto riguroso, alto, delgado, el padre del chico apareció en la habitación. Su figura atravesó el alma de Cooley como una flecha al rojo, directa al corazón, despertando sus odios más viscerales.

Caminó firme, se quitó la Kipá y el abrigo y con total sinceridad tendió la mano a Cooley.

—Es el joyero Geller, Henry.

Un año antes, el Departamento de Energía de los Estados Unidos había firmado un acuerdo con los Institutos Nacionales de Salud con el fin de impulsar un programa para obtener la secuencia completa del genoma humano El acuerdo iba acompañado de un presupuesto de tres mil millones de dólares, al que poco a poco se fueron nuevas aportaciones de otros países como Reino Unido y China. Su objetivo, a quince años vista.

La situación en la Cooley Corp. había cambiado radicalmente durante los años ochenta. No porque no estuviera encauzado sino por agotamiento. El jefe fue haciéndose viejo y prefirió refugiar su odio en los cariñosos brazos de su esposa y envejecer en el porche, viendo como ella daba de comer a los patos, o esperando a que su único hijo volviera a casa al final de sus juergas. Habían conseguido suficiente información como para copar las portadas de Nature durante años y no la habían compartido con nadie, es decir que era como si no existiera, pero la tenían. Si el Departamento de Energía conociera la mitad de los datos que poseía la Cooley Corporation no habrían fijado un plazo de quince años. La clave de todo estaba en Cooley ya que era el único que conocía el sentido de todos los datos generados. Ni siquiera los jefes de departamento estaban al tanto. Él facilitaba las muestras a analizar, dirigía las investigaciones en una u otra dirección, recibía los resultados y era el único capaz de interpretarlos consiguiendo de este modo evitar que sus empleados del sótano fueran amablemente interrogados por otras compañías. Su ventaja radicaba en las investigaciones de Young, mucho más que en las secuenciaciones directas de Matthews. El pequeño de los hermanos era un genio de la computación, y aunque no fuera idea de Cooley, consiguió localizar secuencias múltiples de repetición en los fragmentos de Matthews. Eso, acortaba los plazos y aunque dotaba de una excepcional complejidad al ADN humano, lo hacía más fácilmente interpretable. Quince años de adelanto, si no más, con respecto al Proyecto público. Tardarían años en descubrir la viabilidad de ese tipo de aproximación. Sin embargo, Cooley perdió progresivamente el interés y jubiló a los Young con más dinero de lo que habrían ganado en siete vidas. Matthews se quedó por allí, tomando cafés y donuts y contando sus batallitas a todas las nuevas empleadas que entraban por la puerta. El resto de empleados del sótano, más de cuatrocientos, fueron distribuidos a investigación y desarrollo del área farmacéutica. Surgieron nuevos éxitos empresariales, sobre todo en el tratamiento de la nueva plaga mundial, el SIDA. Valiéndose de la experiencia previa, consiguieron antes que nadie descifrar la estructura del virus, secuenciarlo y desarrollar en tiempo record inhibidores de transcriptasa inversa. Resultado: Cooley se convirtió en el hombre más rico de América al comercializar una nueva terapia crónica.

Pero, ayer, todo había cambiado. Ella había muerto y él volvía a estar solo. Nuevamente se volvían a cruzar en su camino. Cuando todo el mundo se fue, subió a su habitación y lloró de rabia.

—¡Basura judía, maldita raza de asesinos bastardos!

No podía contener su ira. Cinco minutos despúes del entierro, estaba en su despacho de la Cooley Corporation. Exigió al jefe de recursos humanos que se presentara inmediatamente.

—Howard, crearemos de nuevo el Grupo de Desarrollo. Se remodelarán las instalaciones desde mañana mismo y se ampliara a un nuevo edificio contiguo. Necesito que me remitas una lista con todos los que pertenecieron a los grupos anteriormente y que continúen con nosotros. Sé que algunos tienen cargos importantes en Investigación y Desarrollo. Da igual. Plantéales volver aquí. Por supuesto deberás remodelar los departamentos que abandonen. El número de empleados del sótano será de unos mil. Más del doble que cuando se clausuró. El presupuesto es, digamos que ilimitado y quiero a los mejores trabajando aquí. Recorred las universidades y buscad. Gente joven, con hambre, olvidaos de viejos catedráticos. Contrata al personal que necesites para ello. Todo desde aquí. Nada de subcontratar la búsqueda, necesitamos estricta confidencialidad. Yo aprobaré cada una de las candidaturas, personalmente. Gracias, Howard, puedes empezar. Al grano, directo, sin rodeos.

Despúes, Cooley descolgó el teléfono, marcó el prefijo de Brasil y esperó el tono.

—Cliff, soy Henry. ¿Te apetecería volver a trabajar por aquí?

46

Madrid, 2006

Estarían en Basilea en unas dieciséis horas. No era el medio de transporte más rápido pero sí el más seguro ya que al menos no quedaba registrada la identidad del pasajero. Habían reservado dos compartimentos contiguos en Gran Clase, lo que con un poco de suerte significaba que nadie más viajaría en su vagón o, como mucho, un par de pasajeros más. Setecientos Euros por un viaje tan largo no era un precio muy atractivo, por mucho que la calidad del servicio fuera excelente.

—Realmente es como una habitación de hotel—dijo Jones.

—Sí, pero un poquito bastante más pequeña. Tengo unos cuantos amigos que no cabrían en la ducha. Además, tú no sabes lo mejor. En cuanto crucemos la frontera prepárate para no pegar ojo, el ancho de las vías es diferente y colocan una especie de adaptador en las ruedas y claro, se mueve para todos los lados.

—Pensaba que sería estándar para toda Europa.

—Spain is different, querida. Alguien convenció, hace un siglo y medio, al ministro correspondiente que era mejor este ancho. Yo no estaba allí, pero me apuesto a que se lo llevó crudo en el bolsillo, el andoba. Si quieres pásate por aquí en una hora. Lo resolveremos. Podías aprovechar para conectarte con el portátil. Necesitamos saber más de los dueños de las muestras que nos pasaba Cooley.

—De acuerdo.

Jaime se encerró en su cuarto. No tenía maleta ninguna, así que se quitó la ropa, la colocó sobre una de las sillas, pidió al asistente del vagón que le trajera un Jack Daniels con coca cola y se metió en la ducha. Quería ordenar sus ideas o, al menos, buscar una explicación para el último sobresalto. Nada más dejar el coche en la estación, encajado entre dos columnas y a la vista de cualquier policía municipal, y mientras Beth pagaba los billetes en metálico, Alberto Aguilera apareció, como si hubiera estado todo el día preparado, elegantemente vestido y, antes de que nadie pudiera fijarse en el mastodóntico Porsche mal aparcado, lo arrancó. No sabía si ella se había dado cuenta, y aunque estaba casi seguro de que no, prefirió no decirla nada. Prefería discutirlo con él directamente ¿Cómo sabía que iban para allá? Vale que Jones fuera una agente de la CIA, pero Aguilera, no. No era más que un tipo extraordinario al que su ex mujer arruinó la vida. De eso estaba seguro. Las posibilidades de que estuviera involucrado eran inferiores a cero. Aunque tras su encuentro con el jinete misterioso ya no podía creer en nada y lo peor de todo, la historia comenzaba a tomar tintes surrealistas aparte de los dramáticos con los que ya contaba. Fueran los que fueran los motivos del motorista, les había salvado el pellejo y había que agradecérselo la próxima vez que lo viera.

—No te lo vas a creer—dijo una excitada Jones al entrar de repente en el compartimento de Jaime.

—¿Te importa si la próxima vez llamas? Me gusta ponerme los calzoncillos tranquilamente, sobre todo si son los mismos que el día anterior—contestó mientras terminaba de vestirse.

—Lo siento—replicó mientras observaba el torso desnudo de Jaime—. No sabía que estuvieras tan musculoso.

—Ya ves. Bebo muchos cubatas y claro el brazo se resiente. ¿Qué te pasa? Sólo han pasado veinticinco minutos.

—Lo sé, amable. Pero no puedo mantener mucho la conexión, prefiero evitar más persecuciones, seguro que tú también, no creo que nuestro héroe particular esté por aquí. ¿Sabes quién era por cierto?

Jaime dudó, y aunque se giró rápidamente hacia la ventana, se le notó mucho.

—No tengo ni idea, pensé que tú lo conocerías. Algún amigo tuyo de otro tiempo. Mi vida ha sido siempre muy sencilla, ya sabes, nada de salvar al mundo, ni matar comunistas ni traficantes de armas. Vamos, lo normal. La verdad es que un guión así no lo escriben ni en Hollywood y yo soy más del Parque Calero que de Rodeo Drive.

Beth agachó la cabeza y leyó sus notas.

—He revisado los códigos. Efectivamente son muestras de sangre conseguidas legalmente por Cooley. No hay nada raro ni fuera de la ley, pidió permiso a los pacientes y a los hospitales. Tienen el mismo origen que cualquier otra muestra de las que usaban el departamento de investigación de la empresa o los de cualquier otra multinacional. El caso es que he revisado algunas, en función de la anotación que tenía el viejo a su lado y ¿a qué no sabes el origen?

—Hombre blanco, negro, judío askenazi, nativo americano, nativo norteamericano, asiático o nativo hawaiano—interrumpió antes de que terminara.

—Perdona que se me vayan a salir los ojos de las órbitas. ¿Me puedes explicar porque no me lo dijiste antes y por qué llevo un rato rebuscando en la mitad de los hospitales de la costa este?

—Se me ocurrió durante la persecución, justo antes de creer que moriríamos aplastados entre las hormigoneras. La verdad es que no hay que ser una lumbrera, yo diría que cualquier becario lo hubiera adivinado a la primera.

—Si tú lo dices, a mí no se me había ocurrido. Pero bueno, no es más que la raza del paciente, no quiere decir nada más.

—Bueno, si la anotación la hubiera hecho mi médico de cabecera no tendría mayor importancia, pero creo que sigues sin darle la importancia que tiene al hecho de que era un oficial nazi.

—Un espía.

—Sí, un espía, pero tú misma has dicho que fue miembro de la SA, que no eran unos angelitos precisamente. Tenemos que especular porque no sabemos nada, Beth. ¿Dónde nos quedamos cuando tus amigos llamaron al timbre? Hipótesis: el tipo es un nazi redomado que comulga de principio a fin con lo que diferenció la tiranía de Hitler de las demás que en el mundo han sido, los planes de exterminio judío. Termina la guerra, se va a América y su obsesión sigue siendo la misma: acabar con todo lo que huela a hebreo. El tío es un buen científico y comienza a trabajar en un grupo de biología molecular siendo su formación original en embriología. Prospera, le va bien la vida y levanta el mayor imperio farmacéutico del planeta. La obsesión sigue y sus laboratorios secretos generan la mayor cantidad de datos, revolucionarios en aquella época, que se pueda esperar. Pero no sólo no los publica sino que sus propios colaboradores no saben a que se dedican y, lo más sorprendente de todo, él controla el origen de las muestras que sólo pasan por sus manos, muestras segregadas en función de la raza. ¿Me sigues?

—Perfectamente.

—Bien, pues mi opinión es que ha encontrado la manera de terminar lo que el difunto y bajito cabo austriaco dejó a medias. La Solución Final.

—¿Me lo puedes repetir por favor? Sabes que eso es imposible. No hay diferencias significativas entre razas, nos parecemos más a un mono que a cualquier vecino de nuestro mismo color de piel o lo que es lo mismo, cualquier diferencia es mera casualidad.

—Tienes razón, pero también sabes que hay enfermedades ligadas a determinadas razas, una mera cuestión de probabilidad, sí, pero es la realidad. Los negros sufren más hipertensión, pero viven más desde el momento en que se les diagnostica Alzheimer que los blancos. Los japoneses no toleran el alcohol como los occidentales y sabes que exigen que los ensayos clínicos se hagan en pacientes japoneses, si no nunca aceptan registrar un nuevo fármaco. La enfermedad de Tay Sachs afecta a cualquier hombre pero con mayor frecuencia en judíos Askenazi, como la fibrosis quística. En España e Italia se muere menos de infarto. Yo que sé, hay miles de ejemplos. Sin duda los factores ambientales influyen, incluyendo alimentación y clima, pero la genética es fundamental. Las razas se han mezclado durante generaciones pero aún así sigue existiendo esa mayor susceptibilidad en algunos sujetos, genes que se han transmitido de generación en generación y que allí siguen por mucho intercambio genético entre razas.

>>Sigamos suponiendo: mi grupo buscaba secuencias repetidas, alteraciones en lo "esperado", rarezas. Y encontramos unas cuantas créeme. ¿Recuerdas lo que te comenté sobre aquellas de las que no había ninguna referencia? Pues imaginemos que todas procedían de muestras de pacientes negros, o blancos o en este caso, judíos. Cooley sabía de quién era cada muestra por lo tanto, si nosotros le decíamos que en la muestra número 4, 6,

7 y 8 había una anomalía o una diferencia con respecto al resto y estas pertenecían a judíos, ¿no habría encontrado por fin una diferencia genética significativa? Recuerda que habremos revisado miles de secuencias en estos años. Luego, en nuestro grupo sugeríamos una proteína para cada una de esas rarezas…

Dejó de hablar. De repente, entendió a qué había dedicado los mejores años de su vida. La tecnología, el gusto de enviar correos a sus antiguos jefes explicándoles que él no reciclaba pipetas, el dinero que nunca hubiera ganado en la Universidad ni en diez vidas, tenía un precio. Lo había descubierto demasiado tarde y tal vez pasara a la historia como el que ayudó a un viejo loco a crear su propio Holocausto. Fuera cierto o no, su nombre aparecería en muchos periódicos, su jeta saldría en televisión y tendría que responder a demasiadas preguntas. Esta era la mejor opción, siempre que pudiera contestar en un tribunal y no en una sala oscura con dos desconocidos contándole al oído las cosas tan divertidas y sugerentes con las que le iban a deleitar en un Guantánamo o Damasco cualquiera. Y aquello sí que le ponía especialmente nervioso.

—¿De verdad crees que es así?—preguntó Beth.

—Sí.

—¿Seguro?

—Te digo que sí. Estoy convencido. Le facilitamos las secuencias que diferenciaban unas razas de otras, y además le diseñamos las proteínas. Quizás él confirmó su existencia real en la célula por otros medios, no lo sé. Si fue capaz de descubrir su función, lo tenía a huevo. Luego os enviaba la información a vosotros y ya está. ¿No dijiste que recientemente le dio por la terapia génica? Ahí está la clave. Él y sólo él, conoce la proteína que quiere bloquear, te encarga un virus a la carta para introducir en las células hospedadoras la secuencia que él quiere, que, con total seguridad interferirá de alguna manera con la proteína que en condiciones normales genera la secuencia que originalmente facilito a mi grupo, procedente de un judío, un blanco o la raza que sea. ¡Qué cabronazo! Lleva cuarenta años haciendo un cribado de muestras hasta que ha encontrado una peculiaridad en judíos. Y me apuesto una caja de Vega Sicilia a que eligió aquella sobre la que especulé que estaba relacionada con la síntesis de hemoglobina.

Beth lo miraba sin pestañear. Lejos de su entusiasmo, quería estar segura de que lo que decía era cierto al cien por cien, sin lugar a la más mínima duda.

—Jaime, esa teoría hace aguas por todas partes. Cualquier estudiante de primero de biología te la tiraría abajo—replicó.

—Lo sé. Pero seguro que con la información que el viejo debe de tener guardada en Suiza nos resolvería las dudas a ti, a mí y al estudiante de biológicas. Pero no se me ocurre otra explicación. Quién sabe, tal vez él crea tener la bomba atómica y sólo tenga un petardo. Tenemos que encontrar a Cooley. Sí o sí. Me va a explicar unas cuantas cosas.

—Lo primero, por qué se jugó la mitad de su fortuna en esto. Ves ya pienso como tú, ¿cómo decís por aquí? Todo se pega menos la hermosura.

—Muy bien, guiri. A lo mejor no era un juego. Quizás tenía un as en la manga que le garantizaba el éxito y sabía que tarde o temprano acabaría encontrándolo—Jaime respiró hondo—. Son las nueve, vamos a cenar, la comida es excelente y necesito llenar la panza. Me relaja.

47

Suiza, 2006

—¿No tendrás dudas?

—No. Está todo dispuesto, el final está cerca. Puedes informar de que la victoria es inminente. ¿Qué sabemos de Cooley?

—Está en el mismo hotel de siempre. Debes actuar rápido, tenemos ventaja pero en breve llegarán nuestros amigos americanos e israelíes. Ahora nuestro objetivo es el viejo, pero los demás deben morir también, es necesario contar con su silencio. Sabemos que nuestra teoría es cierta y que el viejo lo logró, faltan algunos flecos pero se los sacaremos directamente a él. Sentiré pena de acabar con un tipo así.

Anhelo, cortó la comunicación.

48

Friburgo, 2006

Puntual como sus relojes, el tren había dejado la estación SSB de Basilea a las diez y cuatro minutos. Su destino final, su casa, Berlín, aunque esta vez no llegaría tan lejos. No tenía tanto tiempo y sólo quería aclarar las ideas. Y Friburgo siempre le había parecido una ciudad maravillosa. Cuando comenzaron sus viajes regulares a Suiza, siempre encontraba un rato para poder disfrutar de un paseo por los alrededores de su fascinante catedral. Incluso financió la reparación del más que centenario órgano y durante años fue el mecenas de un concierto benéfico que siempre celebraban a principios de Noviembre. Era, por ello, muy conocido en la ciudad a pesar de que durante los últimos tiempos no había acudido en todas las ocasiones que hubiera deseado. Los achaques y su edad redujeron sus apariciones públicas al mínimo desde hacía diez u once años empezando por Estados Unidos, en donde ni siquiera acudía a las invitaciones de los sucesivos presidentes. Esto le había devuelto algo que perdió cuando el dinero llenó su casa. Pasear sin guardaespaldas. No es que saliera mucho a la calle, sus piernas no daban mucho de sí y, entre septiembre y mayo, el tiempo en Carolina del Norte no era demasiado apetecible, pero el simple hecho de que le diera el aire directamente, sin tener que bajar la ventanilla de la limusina, era un placer que quizás sólo él supiera apreciar.

Había reservado y pagado un vagón completo en primera, con sus seis compartimentos, así no serían molestados excepto por la camarera aunque en apenas treinta minutos llegaron a Friburgo. Junior ayudó a su padre a descender por los dos escalones que los separaban del andén y antes de entrar en la terminal fue despachado con un simple:

—Tomaremos el tren de vuelta a las cuatro en punto. Puedes hacer lo que quieras pero por favor, no te pongas muy en ridículo.

—De acuerdo papá, y tú procura no caerte y vigila la próstata, no quiero salir en las noticias. Que pases un buen día.

A la salida Henry se dirigió recto hacia la plaza. El camino no tenía pérdida. Derecho, dejando a medio camino el precioso ayuntamiento y atravesando la parte más antigua del pueblo, se levantaba un pequeño mercado diario donde la fruta, verduras, flores y como no, salchichas, podían encontrarse a un precio sencillamente estupendo. Tras los puestos, o sobre ellos, la iglesia con la torre más bonita de la cristiandad, la Catedral, levantada durante casi tres siglos con su color rojizo característico. Afortunadamente, nadie le reconoció, no era más que el más viejo de la calle, tapado con una bufanda y un gorro y apoyado en su bastón. Un abuelo más. Como siempre, la rodeó dos veces, entró y se sentó en el penúltimo banco de la fila de la derecha. Nunca había sido religioso, pero entrar en un templo así lo reconfortaba enormemente. No tenía importancia que fuera católico, anglicano o calvinista. Era un lugar para el recogimiento y la reflexión. Procuraba no pensar mucho en sus planes ya que la mirada de cualquiera de aquellas imágenes le recordaba que los asesinos no eran bienvenidos en la casa de Dios, y su conciencia, aunque aplacada por el odio de tantos años, no tenía muy clara la diferencia entre la justicia y la maldad.

Una hora y media después, decidió dirigirse a Heiliggeist, un pequeño restaurante en uno de los laterales, justo frente a la torre, donde, desde hacía años se cocinaban las mejores salchichas blancas de la región, acompañadas de unas fantásticas patatas al horno. Sus años no le permitían estos excesos culinarios y sin duda, su médico pondría el grito en el cielo, pero sabía que sería la última vez. Mañana era un concepto un tanto difuso para Henry Cooley.

Terminaba su plato cuando la puerta se abrió. Una preciosa mujer de cabellos largos y plateados entró en el local. Alta y elegante, vestía un abrigo de piel negro que cubría un vestido púrpura de casimir que realzaba increíblemente su figura. Un sombrero gris, como su precioso pelo, la estilizaba más aún. Era muy guapa, y Cooley no pudo sino mirarla.

—Josephine sería como ella ahora—pensó.

Al verla, los camareros corrieron a atenderla. Todo fueron saludos, halagos y piropos, que sin embargo no la ruborizaban acostumbrada a recibirlos desde niña.

—Su mesa, como siempre, señora Knup—indicó el más joven de ellos mientras la retiraba el abrigo—. Ahora mismo la servimos el café.

—Muchas gracias hijo.

Cooley seguía embelesado, observándola. Nunca la había visto por allí, probablemente porque era la primera vez que iba a comer ya que siempre acostumbraba a cenar en el Heiliggeist. Había visto muchas mujeres hermosas en su vida, pero no tantas desde que murió su esposa y ninguna que tuviera ese porte con una edad como la que suponía que debía tener. Su rostro dulce y aniñado transmitía tranquilidad. Por el contrario sus ojos azules hablaban de tristeza y miraban fijamente por la ventana como si estuvieran esperando a alguien.

—A mi edad no acostumbro a hablar con mujeres pero, debo decir que es usted una de las mujeres más guapas que he visto nunca. Y como puede comprobar tengo muchísimos años.

—Muchas gracias—contestó ella sonriendo—. No se preocupe, debemos de tener un número parecido. Sumamos más años juntos que los seis camareros de este restaurante.

Él devolvió la sonrisa. Intentó recordar cuándo fue la última conversación con una mujer. No recordaba ninguna desde la muerte de Josephine.

—Veo que viene muy a menudo. La conocen bien. Yo solía venir una vez al año.

—Todos los días. Desde hace sesenta y cinco años.

—Vaya, que fidelidad. Debe de gustarle mucho este sitio.

—Lo odio cuando estoy fuera, y me llena de esperanza cuando entro.

Cooley intentaba que sus miradas se cruzasen, pero la de ella estaba fija, siempre perdida en la plaza, llorosa, muerta.

—¿Y cómo es eso posible? Yo nunca iría a ningún sitio que odiara.

El joven camarero les interrumpió al traer el café. Un café solo, sin leche ni azúcar, y una mirada a Henry, intentando advertirle que no siguiera por ahí, que las miradas vacías tienen su razón de existir y que hay razones que es mejor no conocer.

—Le espero.

—¿Espera a alguien?

—A mi marido. Sé que nunca aparecerá, pero le espero. Lo detuvieron, hace mucho tiempo. Yo estaba aquí, en esta misma mesa, sentada como ahora, el cinco de diciembre de mil novecientos cuarenta y uno, y pedí un café sólo como siempre. Nos encontrábamos aquí después del trabajo para tomar un café y luego paseábamos agarrados del brazo hacia casa. Era panadero, ¿sabe?, a las dos de la tarde dejaba el negocio hasta la noche siguiente. Tenía dos hornos en el pueblo. El primero lo heredó de su familia, que llevaba aquí más de veinte generaciones y el segundo lo levantó con su trabajo. Era bueno con todos. Nunca le faltó un pedazo de pan a nadie en Friburgo mientras él estuvo vivo, pero no fue suficiente. Siempre me traía una flor que compraba por la mañana en el puesto que ponían justo al otro lado de la catedral y un pequeño pretzel de mantequilla. Pero ese día no vino, le esperé durante horas pero comprendí que no volvería a verle.

—¿Por qué lo detuvieron? A los buenos alemanes no se les detenía.

—Habla usted como ellos. Era un muy buen alemán y el hijo que yo llevaba dentro también lo hubiera sido. Pero no tuvo oportunidad de nacer. También lo eran sus hermanas y mis sobrinos. Rubios, altos y fuertes. Mucho más que los niñatos de la SS que había por aquí. Pero era judío y no tenía derecho a vivir. Esa misma noche vinieron a casa a por mí, pero yo cumplía con sus requisitos raciales y no me llevaron a ningún campo de exterminio aunque merecí todos los golpes que necesitaban para alimentar sus complejos. Por lo menos a mi no me violaron como hicieron con sus hermanas antes de matarlas.

Cooley ya había oído demasiado.

—Lamento haberla molestado. Que tenga un buen día—dijo Henry mientras tomaba su bastón y su abrigo.

Por primera vez en su vida, al menos por primera vez desde que entró a trabajar en la fábrica, sintió lástima por alguien ajeno a su familia. Pero su conciencia no podía ser permeable a una historia así. No debía vacilar. El mundo se había librado de un judío más. Solamente eso. Los alemanes traicionados durante la Gran Guerra también tenían familia. Así se lo habían enseñado ochenta años atrás. Pero algo había cambiado. Este encuentro fortuito era lo más cerca que había estado de un judío desde que mató a Goldman, y la primera ocasión en la que escuchaba los sentimientos de alguien sobre lo que allí pasó. Por mucho que leyera los periódicos, él estaba en Inglaterra viviendo como un universitario pudiente y tomando el té a las cinco, nunca se asomó a la ventana para ver como se los llevaban como si fueran ovejas, ni nunca pudo cerrarla para que sus hijos no vieran la sin razón de la Gran Alemania. Nunca antes tuvo oportunidad de preguntarse qué hubiera sido de su vida si aquel prestamista, Goldman, simplemente, no hubiera sido judío.

49

Basilea, 2006

El tren llegó con sólo cinco minutos de retraso, a las once y ocho minutos de la mañana. Se habían levantado pronto, a las seis ella, que tomó una ducha rápida y fue al compartimento de Jaime para, como él le había pedido, despertarse acompañado de alguien.

Habían cenado en el restaurante del tren y como él la había advertido, la cena fue sensacional. Ensalada de foie seguida de magret de pato para Beth, salmón marinado y solomillo con verduras gratinadas para Núñez. Un Viyuela Reserva, buen Ribera del Duero donde los haya, sirvió para que estuviera más parlanchín de lo que ya de por sí era. Ella, abstemia, sólo se mojó los labios para brindar por un *que resolvamos esto antes de que nos resuelvan a nosotros* que salió de la boca de Jaime.

Desde que le conocía siempre había admirado su inteligencia, pero más aun, su capacidad para desdramatizar cualquier situación recurriendo a la frase más absurda que le rondara, en muchas ocasiones, parecía que había suspendido alguna asignatura en el parvulario y no había ido a la recuperación. Prolongaron la sobremesa al menos un par de horas, hasta que los camareros les pidieron que abandonaran el vagón, lo cual llenó de vergüenza a Beth, y satisfizo sobremanera a Núñez.

—Tienes que aprender a que te echen de los bares. A mí me pasa todos los días y no me pongo colorado como tú.

—¿Por qué no dejas de beber?

—Bueno, no te pongas en plan madre. Estuve años sin probar ni una cerveza en ese país tuyo. Para cualquier desplazamiento hay que coger el coche y nunca nadie me habrá visto probar una gota de alcohol y coger el coche, así que no te hagas la responsable. Pero aquí, que puedo ir a casa andando…. ¡Déjame que lo disfrute! El día que vuelva al trabajo lo dejaré, aunque, claro, teniendo en cuenta el sueldo que voy a tener, quizás no salga de la taberna. ¿Sabrás donde encontrar al viejo?

—Iremos al banco—contestó rápidamente—. Tal vez lo encontremos allí.

—Muy bien, o sea que no tenemos ni puta idea.

En el camino hacía sus habitaciones, dos vagones hacia la cabecera del tren, un tambaleante Núñez estuvo a punto de caerse dos veces de no ser gracias a los brazos de Jones, que a duras penas pudo sostenerle hasta que llegaron a sus compartimentos.

—Aquí es donde yo te pido que pases la noche conmigo. Tal vez sea la última—dijo con sus ojos vidriosos.

—No te pongas melodramático, corderito. No te convengo.

—Me da igual. No quiero casarme contigo, solamente me gustaría levantarme con alguien a mi lado. Hace años que no pasa. Siempre se van antes de desayunar.

—Puedo despertarte mañana si quieres.

—¿Tanta pena doy?

—No, ojalá volviera a conocerte, las cosas serían distintas. A las siete en punto.

—Ojalá no te hubiera conocido, van a matarme por tu culpa y sólo consigo un despertador. Buenas noches—se despidió mirándola a sus bellos ojos.

—Buenas noches— contestó.

Bajaron en el andén ocho y tomando las escaleras mecánicas a su derecha llegaron al corredor que comunicaba con la entrada principal a la estación. Ésta, daba a su vez a una pequeña plaza llena de hoteles y restaurantes con un bulevar central, punto de origen de la gran mayoría de la vieja pero eficaz red de tranvías de la ciudad.

—Nunca había estado en Suiza. ¿Es bonito?

—Basilea está bien. No conozco mucho más. Zúrich es también una bonita ciudad, se nota donde está guardado el dinero del mundo. Aunque no esperes que sea como vuestras ciudades castellanas, ahí sólo Italia puede compararse. Hazme caso, yo puedo ser objetiva. ¿Te parece que busquemos un hotel?—preguntó mientras cruzaba de un salto a la acera de la derecha.

—Aquí hay unos cuantos. Por mí podemos entrar en éste mismo— dijo Jaime—. Es un poco pronto, tal vez no tengan habitaciones disponibles todavía. Hotel Victoria, cuatro estrellas, estupendo. Por cierto, ¿no tendrás un pasaporte falso?, porque aquí nos lo van a pedir y no creo que mi DNI les valga, ni a ellos ni a mí. Supongo que tus antiguos jefes estarán navegando en busca de mi bonito nombre.

—Tengo uno para mí. Tú puedes inventarte un nombre español, el que sea. Diremos que nos han robado la maleta en el tren y que dentro estaba tu cartera, colará para registrarnos.

—Vale, puedo darme por jodido, aquí tienen fama de ser más cuadriculados que en Alemania.

—Tranquilo, estate calladito y déjame hablar a mí.

Entraron por la pequeña puerta giratoria, y a la derecha, siguiendo cuatro altos escalones, se encontraba la recepción. Un tipo alto, moreno, árabe, estaba en ese mismo instante pidiendo una habitación. Ambos se sentaron en los sofás colocados a la izquierda del mostrador. Junto a ellos, unos vasos de zumo y manzanas hicieron la espera mucho más llevadera.

Cuando el árabe se fue, Beth pidió una habitación doble. A pesar de su perfecto alemán, se le hacía difícil entender a la recepcionista, ya que ésta no hizo ningún esfuerzo por hablar en algo distinto al dialecto suizo, lo que disgustó mucho a los dos. Sobre todo a Núñez, que no entendía absolutamente nada, y es que sus conocimientos de alemán, obtenidos en Estados Unidos de una antigua novia berlinesa, eran los justos para defenderse en restaurantes y hoteles. Sin embargo, no necesitaba ser Goethe para comprender que a la chica no le hacía ninguna gracia la historia del pasaporte. Unas palabras de Jones, que no pudo entender, la calmaron y acto seguido les facilitó un mapa en el que señaló dos lugares. El primero de ellos no lo pudo distinguir, pero el segundo era algo relacionado con la Polizei. Beth le dio las gracias y la entregó un billete de veinte euros. Luego, comenzó a completar las fichas de registro del hotel. Jaime que no encontraba especialmente interesante la conversación, se giró y caminó unos metros hacia el restaurante del hotel. Unos carteles anunciaban fondee de pescado para esa noche.

—Un sitio donde hoy no ceno—pensó mientras trataba de imaginar una manera peor de cocinar cualquier suculento pez.

No pudo continuar con sus culinarios pensamientos. En ese momento, lo vio, bajito, más bien regordete, un tipo con sombrero años cuarenta trataba de ligar con una camarera, escupiendo todos los piropos que un albañil jamás llegaría a decir por vergüenza. ¿Suerte? Demasiadas casualidades en un mismo día. Reculó, se dio la vuelta y volvió corriendo junto a Beth.

—Tenemos la 330. ¿Qué te sucede?

—Vamos al ascensor—dijo mientras la empujaba dentro—¡Venga, venga!

—Me has hecho daño, bruto. ¿Qué pasa?

—Está ahí.

—¿Cooley?

—Sí. Bueno, no. Cooley Junior. Estaba en el restaurante babeando detrás de una camarera, en su estilo.

—¿No te habrá visto?—preguntó una nerviosa Beth.

—No, creo que no. Pero no te pongas así. Tu eres la profesional, ¿ahora que hacemos?, si él está por aquí, su padre no debe andar muy lejos. ¿Puedes acceder al ordenador del hotel?

—En cuanto lleguemos al cuarto.

50

Basilea, 2006

La habitación, con dos grandes camas individuales, cubiertas de edredones nórdicos, era realmente cálida y acogedora, no en vano, tenía una pequeña chimenea donde un moderno mechero, camuflado detrás de unos falsos troncos, hacía las veces de hoguera y realmente, conseguía caldear la estancia. Un baño con jacuzzi, y un enorme vestidor convertían aquella habitación en algo bastante próximo a una suite.

Beth no había querido ni siquiera sentarse un momento para descansar. Desde que salieron del ascensor, estaba deseosa de encender el ordenador y buscar si el viejo se encontraba realmente en el hotel. Él, como siempre, levantaba un muro de ironía para salvar cualquier situación.

—Te habrá costado un dineral está habitación.

Ella no respondió, estaba ocupada intentando buscar una conexión segura a Internet.

—Te estoy hablando, venga, dime cuanto has pagado por esto.

—Nada. La tarjeta era falsa. ¡Por fin! Ya he entrado en la red.

—Muy bien, así me gusta. Lo de la tarjeta quiero decir, tienes madera de político. ¿Os dan muchas de ésas? Quiero decir, cuando luego llegan las facturas, ¿qué hacéis?, ¿se las cargáis a un pobre contribuyente? Me apuesto lo que sea a que sí.

—¡Quieres dejarme en paz ya con tus bromas! Intento encontrar a Cooley.

—Tranquila, te recuerdo que no habrías llegado aquí sin mi ayuda. ¿Lo tienes ya?

—Un segundo. Suite presidencial, él. Los dos.

—¿Los dos? Seguro que Junior ha buscado algún casino o algún puticlub para dormir. Va más con su estilo.

—No sé, ambos están registrados aquí, tampoco tiene mayor importancia. ¿Y ahora qué?

—¿Cómo que ahora qué? Cuando te mandaban a una misión tipo James Bond, ¿llamabas a última hora para preguntar qué hacer? No me jodas.

—No sé, hay varias opciones. Pero tenemos que hablar con él primero.

—Yo creo que deberíamos presentarnos en su habitación directamente y preguntarle. ¿Para qué hemos venido? No estaría mal que lo fuéramos aclarando, porque todavía no lo tengo muy claro.

—Necesitamos saber si los virus que le entregué, son para lo que tú y yo sabemos.

—¿Y ya está? ¿Y si nos dice que sí?

—Tendremos que encontrarlos.

—Espera, espera. Vamos a ver. Si él nos dice que sí, que los tiene, y que va a causar un desastre mundial, ¿cómo pretendes que nos revele sus planes?—preguntó un ingenuo Jaime.

Beth sonrió, mientras se ataba la bota derecha.

—¿No pretenderás partirle la boca a un anciano? Espera, espera, por ahí, sí que no, yo no tengo estómago para torturar a nadie, por muy capullo que sea, prefiero que me zurren a mí antes de tener que ponerle la mano encima.

Ella agachó la mirada de nuevo, para evitar enfrentarse con los ojos de Núñez que, más allá de la ironía siempre o casi siempre, estaban cargados con la lógica más simple.

Salieron de la habitación y recorrieron el largo y estrecho pasillo enmoquetado hasta los ascensores. Para acceder a la suite de Cooley, en la última planta, era necesaria una llave magnética.

—¿Y ahora qué? ¿Te dejo mi juego de ganzúas?

—No lo necesito, con nuestra llave es suficiente. Las llaves magnéticas están dispuestas para recibir la información necesaria, como cualquiera de nosotros, sólo esperan a que alguien apropiado se la facilite. No se usan por seguridad, simplemente son mucho más baratas que las normales.

Un asombrado Núñez, observó cómo, con una pequeña navaja suiza, desmontaba el cuadro de mandos del ascensor, cortaba dos cables, los volvía a unir, introducía la tarjeta de su habitación en el lector y colocaba todo de nuevo en su sitio. Introdujo la llave y, *voila*, el ascensor comenzó a moverse en dirección ascendente.

—No me mires así, es muy fácil. Lo único que he hecho ha sido volcar los datos que tenía grabados esta conexión, en nuestra tarjeta. No podría haberlo hecho para ninguna de las habitaciones estándar del hotel, pero con este tipo de suites con acceso directo no resulta complicado una vez que estás dentro del ascensor.

—Insisto, lo del negocio de atracar bancos, ¿no te parece interesante? Yo te podría esperar en la puerta con una furgoneta blanca, llena de melocotones…

—¿Perdona?

—Humor español, no me hagas caso.

No tuvieron tiempo de más, ya que el ascensor daba directamente al hall de la suite y éste a su vez, a una amplísima sala de estar con una mesa redonda a su izquierda, dos sillas de caoba y otros tantos sofás de cuero beige. Las paredes pintadas en tonos cálidos, reflejaban el calor de la, esta vez sí era real, chimenea. En una de ellas, el hombre más rico del mundo, los contemplaba como quien llega a la cumbre de una montaña, sólo que esta vez él era la montaña y parecía tener toda la ventaja que la altura proporciona.

—Mis muy queridos amigos, pasad, pasad. Os estaba esperando hace un rato, pensé que vendríais en avión, un error de cálculo, no supuse que tantas agencias estuvieran al tanto de mí pequeño proyecto. Creo que eso te lo debo a ti, Elizabeth.

Ambos avanzaron con cautela. Jaime la miraba, tratando de buscar un guiño que dijera que estaba todo controlado. Ella segura de sí misma, había cambiado la expresión, actuaba como si Jaime no estuviera allí, miraba fijamente a Cooley y diseccionaba toda la habitación, desde el comedor contiguo, a las dos enormes habitaciones que se abrían a la espalda de Henry.

—Te veo un poco nervioso, Núñez. ¿Cómo te encuentras?

—Pues ya ve. He tenido días mejores. Usted tiene un aspecto estupendo, parece el abuelo de Heidi.

—No cambiarás nunca—rio—. Supongo que no estás acostumbrado a tanto estrés, sin embargo tu amiga se mueve como pez en el agua, no es la primera vez, ¿verdad? Pero, no os quedéis ahí de pie, sentaos a mi lado, supongo que tendréis alguna pregunta. Podéis serviros una copa, si os place.

Jaime esperó a que Beth comenzara a hablar, pero ésta parecía estar en otro lugar, bastante alejado del Hotel Victoria. Tras un largo silencio, fue él quien se decidió a preguntar.

—Dado que Beth se ha quedado sin lengua, sólo una pregunta. ¿Lo tiene?

—Bueno, bueno, supuse que las preguntas empezarían mucho más atrás en el tiempo, parece que sois más listos de lo que pensaba. Sí, lo tengo.

—Pues esto va rápido, así me gusta. Y una pregunta un poco más complicada. ¿Y funciona?

—Funciona. Funciona perfectamente.

—¡Es usted un hijo de puta! Nos ha tenido trabajando en su Solución Final sin saberlo. ¡Mierda, mierda, mierda! Pero cómo se puede ser tan cabrón. ¿No tuvo suficiente con la que organizó su antiguo jefe? Cincuenta millones de muertos, maldita sea.

—Hijo, los judíos fueron la ruina de Alemania. O al menos eso fue lo que me enseñaron. Contribuyeron al hundimiento de la Gran Alemania.

—¿Los judíos? La nación más culta del mundo eleva a los altares a un enanito austriaco, más colgado que un cencerro, y ¿la culpa la tienen los judíos? Hay veces que es bueno mirarse a uno mismo en vez de buscar fantasmas donde sólo hay complejos.

—A lo mejor tienes razón.

El gesto del hombre más rico del mundo lucía, por primera vez para Núñez, sin su halo de superioridad característico. Su improvisada frase sobre los fantasmas y los complejos había tenido una respuesta inesperada pero sin embargo, no tenía tiempo ni ganas para un debate psicológico. Necesitaba respuestas.

—Bueno, ¿qué le parece si me cuenta a qué me he dedicado los últimos años de mi vida?

—Creo que ya lo sabes, muchacho. Nunca lo he contado a nadie, pero hoy tal vez sea el día adecuado.

>>Algunos, muchos, odiaban a los negros no hace tanto tiempo, en Estados Unidos. Había baños, escuelas y autobuses separados para que, y jamás algo así saldría de mí boca, los blancos no se contaminasen. Otros detestan a los chinos. Y en tu país los gitanos no son precisamente admirados. Eso es así, le guste a este mundo hipócrita o no. Yo, he contribuido a la integración de los negros en Carolina del Norte más que cualquier programa estatal. Igualmente con asiáticos e hispanos, tú lo has visto, al menos el cincuenta por ciento de mis empleados pertenecían a lo que en Washington gustan llamar minorías. Pero, nunca jamás he contratado a ningún hebreo. Humillaron a mí pueblo, mataron a mí hermana y a mí mujer y eso no lo cambiará nunca nadie. Los sentimientos no se rigen por los mismos valores que la razón y el análisis frío es totalmente contrario a las pasiones. Viví con odio, no me importó, he llegado casi a los cien y no me han ido tan mal los negocios.

>>Durante todos estos años, desde que abandoné la Universidad, he analizado más de cuarenta mil muestras, siempre planteando la misma hipótesis: existen diferencias en el ADN, debido al origen racial, mucho más significativas de lo que creemos. Desde un estricto punto de vista científico, no he conseguido verificar esta hipótesis en su totalidad, es decir, un fracaso parcial. Sinceramente, el Ku Klux Klan se llevaría una decepción con mis archivos. Los blancos y los negros nos parecemos más que dos blancos que vivan en el mismo edificio. Podría asegurar sin temor a equivocarme que las diferencias encontradas se deben no a la raza, sino a

la etnia. Así lo pensé cuando estudiaba en Cambridge y lo confirmo hoy, más de sesenta años después. Un grupo determinado de blancos, que sólo se mezclen entre sí durante siglos, dan lugar a pequeñas variaciones que nada tienen que ver con el color de la piel, sino con esa, llamémosle endogamia. ¿Qué diezmó a la población india americana? En Norteamérica, el exterminio. En el resto del continente, el exterminio sí, pero fue mucho más importante el contacto con enfermedades para las que no estaban protegidos. Es un claro ejemplo, hoy en día, la gripe no mata a nadie en Hispanoamérica, ¿por qué? Porque se adaptaron entre otras cosas, al mezclarse con españoles, de no haber sido así, el riesgo, ese mundo endogámico, se hubiera manifestado en una mayor susceptibilidad a determinados eventos biológicos.

>>Nunca nadie hubiera aceptado trabajar conmigo de haber conocido mi objetivo y aunque no fuera vox populi, habría llegado un momento en el que todos vosotros ataríais cabos, por lo tanto, era imprescindible que sólo yo y absolutamente nadie más, conociera a quien pertenecía cada gota de sangre que os enviaba. El trabajo iría más despacio, pero era imprescindible. Mathews, los hermanos Young, Beth, tú, todos mentes prodigiosas malgastadas, lo sé. Acumulamos datos desde los años sesenta para ser portada de Nature todas las semanas, pero no me interesaba la publicidad, sólo la justa y necesaria para no levantar demasiadas sospechas. Sinceramente fue frustrante al principio, y no me refiero uno o dos años, sino a que, hasta bien entrados los noventa, no comenzamos a tener buenos resultados, al menos que me hicieran creer que existía cierta posibilidad de éxito; fue entonces cuando aparecisteis vosotros y el difunto Higgins, con todas esas ideas innovadoras. Sabía que la solución estaba cerca desde el momento que os vi trabajar por primera vez, aunque todavía

tardó unos años en llegar. Decidí que evaluarais de nuevo todas las muestras que tenía congeladas y en las que mis queridos compañeros no habían encontrado nada significativo treinta años atrás. Ahora las cosas eran diferentes, podíamos predecir y sugerir la secuencia, y lo más importante, existían herramientas para diseñar las proteínas resultantes. Estuve a punto de crear un nuevo grupo de proteómica, ¿sabes?, pero me era suficiente con tu trabajo.

>>Entonces, hace unos tres años, me enviasteis un informe en el que se mencionaba una zona del cromosoma dos, con una secuencia muy similar en todas las muestras excepto en aquellas en las que pertenecía a pacientes judíos askenazi. Era un pequeño cribado, unos veinte individuos de los que solamente cuatro eran judíos, pero vosotros no podíais saberlo. Os seguí enviando muestras, de hecho os facilité al menos cinco mil de sujetos diferentes para confirmar el hallazgo y así fue. También me diseñasteis la proteína para la que codificaba dicha secuencia. La diferencia era mínima entre la judía y la del resto de individuos, pero ya sabes que un solo aminoácido diferente, puede cambiar por completo la función. En este caso, no la cambiaba, pero la hacía fácilmente desestabilizable.

—Lo recuerdo, sugerimos que participaba en la síntesis de hemoglobina, probablemente desde un punto de vista enzimático.

—La verdad es que sí, muchacho, siempre tuviste un gran talento para intuir este tipo de cosas. Además encargué a un grupo externo su análisis para evitar suspicacias. No lo tienen claro al cien por cien pero se trataría de una proteína que estabiliza la estructura de la hemoglobina durante sus síntesis. No es definitivo y todavía están trabajando en ello. La han llamado HC1, en mí honor.

—¿Y decidió encargar un virus al grupo de Beth que supongo que llevaba una secuencia para bloquear la síntesis de HC1 o interaccionar con ella?

—Pues tampoco lo sé, el mundo de la terapia génica es, en su mayor parte, completamente desconocido. La teoría la conocemos todos pero la práctica es bien diferente. Generamos un virus, con la información que queremos insertar en el material genético celular. Eso es fácil, pero una vez allí, no existe certeza sobre qué es lo que sucede realmente. Todo se comprueba desde un punto de vista empírico. Y empíricamente funciona. Inoculamos el virus a la familia Geller, asesinos de mi mujer....

—Fue un accidente de tráfico—interrumpió Núñez.

El viejo ni se inmutó.

—....asesinos de mi mujer. Todos han fallecido en terribles y dolorosas circunstancias en Nueva York, afortunadamente.

Núñez no sabía cómo responder a eso. La noticia que leyó en la taberna era cierta. Al menos veinte personas, de cuya muerte se sentía responsable indirecto, niños incluidos. Prefería no saber cómo habían inoculado el virus a todos ellos y deseaba que al menos su transmisión fuera exclusivamente mediante contacto directo con la sangre. Por fin, Beth pareció despertar e intervino.

—Pero, ¿cómo supo que era posible de lograr?

Cooley, retiró la manta de cuadros verdes que cubría sus piernas y se estiró para alcanzar una caja metálica que se encontraba sobre la mesa. De ella, extrajo una copa, un cáliz dorado con pequeñas incrustaciones de piedras preciosas ligeramente golpeado en su parte inferior.

—Me ayudó a matar al asesino de mi hermana. Pero incluía una sorpresa, que cambió mi vida. Contenía esto—dijo mientras manipulaba la parte inferior extrayendo un manuscrito que entregó a Núñez.

—Al principio pensé que era latín, pero la mayor parte era castellano antiguo.

Jaime lo leyó detenidamente. Eran apenas tres hojas en las cuales se detallaba el arresto de quince judíos, acusados de falsos conversos en la España de mil cuatrocientos noventa y nueve. De todos ellos, trece murieron a las pocas horas. En el documento, que parecía a ciencia cierta un informe médico, se describían con todo lujo de detalles los extraños padecimientos sufridos por todos ellos y que terminaron trágicamente. El informe se encontraba firmado por tres personas, Antoni Clos, Lope de Loma y Martín Pérez.

—Los tres eran médicos de gran prestigio, que ejercieron durante el final del siglo XV y principios del XVI en toda Castilla, incluyendo la corte, lo comprobé en Madrid en el archivo de la Biblioteca Nacional. Los tres, reconocidos físicos aunque lamentablemente, Martín Pérez murió ese mismo año, a los pocos días de firmar el informe, en la hoguera, acusado de falso converso.

Jaime continuó leyendo la última de las hojas, ésta escrita en su totalidad en latín. Sólo estudió dos años en el colegio, cuando aquello de saber latín, filosofía, lengua, historia y matemáticas era importante para formar unas bases sólidas sobre las que registrar todo el aprendizaje futuro, en lugar de asignaturas tan lustrosas como Imagen Corporal. No formaba parte del resto del informe y parecía una transcripción, tal vez hecha por Martín Pérez. Tras finalizar su lectura, Jaime, comprendió todo.

—¡¡Las dos supervivientes no eran judías!!—exclamó Núñez—. Eran conversas pero al revés, según pone aquí; habían sido bautizadas el mismo día de su nacimiento, con lo que no eran judías. Por eso no murieron, ¿eso es lo que cree, verdad?

—No es que lo crea, es que es así. Pérez se dio cuenta y a pesar de desconocer la causa de la muerte, intuyó que podría estar relacionada con el origen de las pacientes. En aquella época los judíos sólo se casaban entre ellos y arrastraron esa deficiencia durante generaciones. Tal vez la misma sobre la que ahora tengo la capacidad de actuar.

—Y todo por esto—se lamentó Núñez—. Si este tipo no hubiera escondido nada, a usted nunca se le hubiera ocurrido. La de vueltas que habrá dado este cáliz por el mundo y nunca nadie lo fundió ni lo tiró al fondo del mar. ¿Y ahora qué? ¿Va a acabar con todos los judíos del planeta? Es usted un loco. Pero loco de remate. Voy a llamar a la policía.

—Tranquilo, Jaime, no tienes que preocuparte, he cambiado de opinión. Tuve suficiente con la familia Geller. Además no creo que salgamos de aquí con vida.

—¿Cómo?— preguntó Jaime.

—Nuestra Elizabeth puede responderte a eso. ¿O prefieres que te llame يتــوق, querida?

51

Basilea, 2006

—¿Cómo te ha llamado?

Beth no contestaba y seguía mirando fijamente a Cooley, con cierto nerviosismo, controlando en todo momento el ascensor.

—¡¡¿Qué, como cojones te ha llamado?, te estoy diciendo!!—insistió Jaime asiéndola con fuerza del brazo.

—Tranquilo Núñez, no te pongas nervioso, en breve tendrás una explicación, esta muchacha no hace nada sin el consentimiento de…. Sí, creo que va a entrar en estos momentos.

Sonó un ligero timbre, y la puerta del ascensor se abrió. El tipo alto y de tez morena, que Jaime reconoció al instante como el hombre que estaba delante de ellos en la cola de recepción, y que ahora portaba una pistola en la mano derecha, entró en la suite. Jaime empezaba a pensar que alguien le pegaría un tiro haciendo las preguntas justas, o sea ninguna y se puso en pie por si las moscas.

—Tranquilo, tranquilo puedes sentarte—dijo Cooley.

—Si le parece me quedo aquí, no lo veo muy claro, Henry.

—Como quieras. Creo que nuestro nuevo invitado se llama Abdul, miembro destacado de la inteligencia Siria, según mis fuentes. Por favor, baje la pistola, no pensará que un casi centenario anciano le va a atacar. Sin embargo no es el único miembro de esa organización que tenemos en esta

234

habitación. Sí, hijo, sí, no me mires así, Beth también. Desde hace muchos, muchos años, antes incluso de entrar en la CIA y luego al FBI. ¿No es así?

Jaime había perdido la paciencia y estaba dispuesto a lo que fuera para que ella hablara de una vez, aunque el cañón de la Beretta le hizo reflexionar rápidamente sobre la oportunidad de esa acción. Jones, se levantó del sofá y se dirigió a la ventana, respiró hondo y miró a Jaime.

—Me ha llamado يتــوق . Es mi nombre en clave, lo puedes traducir como anhelo, no se por qué me lo pusieron, pero ése es. Trabajo para Siria desde que entré en la Universidad, es la patria de mi abuelo paterno asesinado por esa peste de Israel en la guerra del sesenta y siete. Su delito, ¿quieres saberlo? Tener una tienda de frutas en Gaza y no detener a un chiquillo palestino que atravesó su tienda después de lanzar piedras contra un blindado. Lo mataron delante de mí madre de un tiro en la cabeza tras degollarlo con una bayoneta. ¿Te parece justo? Luego sus hermanos la enviaron a Estados Unidos, junto con su hija pequeña, yo. Y claro, cuando me propusieron trabajar para ellos, no me lo pensé, quizás algún día podría devolverles lo que le hicieron a mí familia. Y ese día ha llegado.

—La madre que me parió, otra venganza más y en frío esta también, que es como más joden—susurró Núñez—. Vamos, que tú también me has utilizado. No pensé que también pudieras engañarme.

—Pues lo ha hecho, no te sientas mal, a mí también—intervino Cooley—. Lo hizo durante años, pero hace tres cometió un pequeño error y mis hombres la descubrieron. ¿No pensabas que lo supiera, verdad? Pues sí. No debiste entrar en mi caja fuerte sin guantes, querida. Imagínate cual fue mi sorpresa cuando me dijeron que la responsable de uno de mis tres departamentos estrella, trabajaba como agente doble. Habíamos descubierto y expulsado a muchos infiltrados del FBI pero aquello era demasiado, una agente ¡siria!, nada menos. Decidí planteármelo de un modo diferente. ¿Por qué no dejarla allí? No en vano su trabajo era excelente, un poco por debajo de las expectativas pero muy bueno en cualquier caso. Así que decidí jugar un rato, de todos modos si a Siria le interesaba algo, era lo mismo que a mí, acabar con todos los judíos del planeta.

Abdul y Beth intercambiaron miradas de cierta incredulidad, sin saber realmente si decía la verdad o no.

—Vamos, tengo el mejor servicio privado de seguridad que se puede contratar, y creedme si estáis aquí, los tres, es porque así lo he querido, puedo contratar al servicio de inteligencia que quiera. Yo, personalmente, fui quien dejó aquellas fotocopias en la caja fuerte para picar vuestra curiosidad, incluso os puse sobre la pista del pobre Higgins.

—Por eso desaparecieron los expedientes de Jaime de la caja—dijo Jones.

—Claro, eran la clave. Sin ellos nadie podría ni siquiera plantear la más mínima especulación sobre nosotros. Pasó el tiempo y logré mi objetivo, así que dejé que montaras ese circo con el FBI y todas las agencias de América. Soy muy viejo y esta es mi última aventura, tengo un hijo medio bobo que sólo sirve para malgastar mi dinero, así que no hay nada que perder. Tranquilos, nadie me protege desde hace exactamente cuarenta y siete minutos, cuando he despedido a mí servicio de seguridad, soy un blanco fácil para cualquiera, desde la CIA a un triste carterista. Considero mi existencia por vivida desde esta mañana.

—¿Es cierto esto?—preguntó Núñez dirigiéndose a los ojos de ella.

—Sí, claro que lo es. Te dije muchas veces que no te convenía en absoluto.

—Pero, ¿por qué me metiste en este lío?, tú podrías haberlo resuelto sin necesidad de mí. Extermináis lo que os venga en gana, ¡pero a mí me dejáis tranquilo!

—Lo siento, no pensaba involucrarte. Estaba segura de que toda la documentación estaría en la caja, pero faltaba lo más importante, tu trabajo. Te convertiste en la clave, teníamos que resolverlo rápido y la única persona al tanto de tu trabajo sois Cooley y tú, y como comprenderás a él no le podíamos preguntar. Y si lo solucionaba yo, tenías que estar cerca de nosotros, ya que hubieras acabado por descubrirnos en algún momento.

—O sea, que si no entiendo mal, vas a matarme de aquí a un ratito.

—No nos queda más remedio.

—Y, ¿lo harás tú o tu amiguito éste que está tan callado y parece que le han metido una estaca por el culo? Un poco estirado parece, ¿no?—dijo harto de tanta espera estúpida.

Beth sonrió, mientras Abdul respondía a la ironía con un puñetazo que tumbó a Jaime. Éste, desde el suelo, trataba de recuperarse.

—No está mal para ser moro, sabes, no habríais perdido Al Andalus si hubierais pegado así y no como niñas.

Beth lo sujetó cuando se disponía a propinarle una patada en las costillas, entre las risas de Cooley.

—No te molestes, sólo pretende fastidiarte. Es peor que un niño, déjale, en breve no volverá a hablar.

Todavía, palpándose la boca, contando que el número de dientes seguía siendo el mismo, Jaime trataba de buscar una explicación a tantos años de mentiras y embustes. Si el hecho de que su compañera durante años trabajara para la CIA o el FBI lo habían sorprendido, esto ya significaba demasiado para él. Beth, a quien casi consideraba su amiga hasta hace cinco minutos, lo miraba fríamente, como si de un desconocido se tratara y acababa de sugerir que ella misma le metería una bala en el cráneo llegado el momento.

Abdul tomó la palabra.

—Me ha parecido entender que ha renunciado a utilizar la excelente herramienta que le ha costado cuarenta años encontrar. Simple curiosidad, ¿a qué se debe este repentino cambio de opinión?—preguntó apuntando al corazón de Cooley.

—No creo que le importen mis motivos, caballero. En cualquier caso, no parece usted en posesión de una mente dotada para la reflexión, pero le diré una cosa, odio a los judíos mucho más que usted, créame, de hecho tengo dudas de que su gobierno, o cualquier otro, tenga los arrestos suficientes para utilizar lo que usted califica de herramienta. Lo usarán para negociar o cambiarlo por unos cuantos Rolls Royce, créame. Sin embargo, le diré una cosa, a mis años nunca me había situado en el lugar del prójimo, y, sinceramente, cambia la perspectiva. Siempre preferí considerarme el único guardián del sufrimiento, Alemania, mi hermana, mi esposa, todos víctimas. Tal vez, y sólo tal vez, estaba equivocado y no deseo equivocarme de nuevo. Así está bien, no merece la pena continuar.

—Como usted dice, sinceramente, no me importa su nueva visión. Si no quiere utilizarlo, no hay problema, facilítenos el otro vial. La operación de Nueva York fue un rotundo éxito. Creo que el dinero no es problema para usted, así que puede dárnoslo sin coste alguno.

Abdul apretó el percutor y dejó cargada la pistola. Cooley, observó con desgana el arma mientras insistía.

—No creo que pueda usted convencerme y le queda poco tiempo. Sus queridos americanos e israelíes están muy cerca de aquí, están deseando ver a Beth. Su cuello vale casi tan poco como el mío.

—Es su última oportunidad. Díganos dónde está el vial ahora.

—Me temo que eso es imposible, nunca nadie podrá acceder a él, ni al resto de la información. Haga usted lo que tenga que hacer.

Un silencio espantoso cubrió la habitación. Núñez, asustado, todavía en el suelo, intentaba incorporarse. Abdul dirigió una breve mirada a Jones, que asintió y una centésima de segundo después, un ruido espantoso terminó por convencer a Jaime de la necesidad de escapar.

—¡Lo habéis matado!—dijo incorporándose por fin y sentándose junto al cuerpo de Cooley. Éste, conservaba un fino hilo de vida, a pesar del agujero de bala que atravesaba el abdomen, sangrando enormemente. Núñez, intentaba taponar la hemorragia.

—Espero que estés segura de que puedes volver a sintetizar el virus.

—No te preocupes—contestó a Abdul—. Jaime seguro que nos ayudará, ¿verdad? El presupuesto es ilimitado. En menos de una semana la victoria será nuestra y serás inmensamente rico, te lo garantizo.

Pero lamentablemente, no estaba por la labor. Era un poco miedoso, hubiera desertado en cualquier guerra para salvar su pellejo y aquello de que los cementerios están llenos de héroes siempre le pareció una guía inestimable en determinadas circunstancias. Pero en aquel momento también recordó alguna que otra novela de caballería, y como un Alatriste cualquiera, decidió que, morir cagándose en los muertos del que te ofrece ser un traidor, es mucho mejor que conservar el gaznate.

—Bonita, no sabía que estuviera participando en ningún partido. La victoria tendrás que buscártela tú. Conmigo no cuentes. Tú y tu chulo podéis iros a la mierda.

—Mal momento para hacerte el valiente, sobretodo sin cartas.

—Ya ves, elegí mal día para barajar. De vez en cuando los españoles tenemos un día malo, y no hay manera de comprarnos ni con todo el oro de Nueva Granada. Te lo explicaría, pero sería una larga historia y no creo que tengas ganas de escucharla.

—Abdul, ¿localizasteis a los miembros de su grupo de investigación que os sugerí ayer?

—Por supuesto, los dos están camino de Damasco en estos momentos.

—Mátalo entones.

52

Basilea, 2006

Jamás pensó que podría ganar tanto dinero cuando decidió quedarse en la universidad, siendo un doctorando más. O que el simple hecho de aceptar un trabajo en la Cooley Corporation acabaría con un finiquito de millones de dólares. Pero lo que nunca pudo ni siquiera imaginar fue que moriría en la mejor suite de un hotel, en Suiza, por una bala de un agente sirio, el cual acababa de matar con la misma pistola, al hombre más rico del mundo, su antiguo jefe, para más INRI. Eso merecía, por lo menos, dos o tres cubalibres con los amigos para contarlo como corresponde. Si podían pasar una noche entera discutiendo sobre la distancia de Madrid a Moscú, o apostar cantidades vergonzosas de dinero a cuál era el aeropuerto más grande del mundo, la paranoia en la que había vivido las últimas horas, daría para muchas noches.

—Joder, Beth, y ni siquiera voy a poder contar esta historia a nadie. Por favor, cuéntala tú por mí.

—Ni siquiera ahora te callas. Tienes que aprender a cerrar la boca.

—Si quieres me callo para que hables tú, zorra. ¿En qué escuela te enseñaron el cinismo, en la americana o en la siria?

Beth rió.

—Acaba con esto, Abdul, tenemos que irnos.

Jaime dirigió su mirada a su asesino, lo había visto en el cine y le parecía una manera digna de morir, mirando a los ojos al verdugo. Vio como este levantaba el arma y sin la más mínima vacilación le apuntó directamente al pecho, mientras sonreía seguro de sí mismo. Sonó un disparo y tuvo que cerrar los ojos porque finalmente, su valentía no daba para más. Un segundo después, aturdido, volvió abrirlos. Estaba vivo, con la sangre en su sitio, algo que no podía decir el frío Abdul, que con un disparo en la frente se había desplomado a sus pies. Núñez retrocedió e intentó descubrir de dónde procedía aquella bala que al menos de momento lo había salvado.

—Te dije que no te fiaras de nadie, gilipollas—dijo una voz familiar.

—Esto es surrealista, madre mía, ¿tú también estás metido en esto?

—Ya ves, no me parecía bien que te mataran, amigo. Y me apetecía un poco de acción, como en los viejos tiempos.

Beth había corrido hacía el arma de su compañero y en una exhalación la armó, dirigiéndola hacía Jaime. Sin embargo, el nuevo invitado también la apuntaba a ella. Por primera vez desde que entraron en la habitación de Cooley, estaba nerviosa, aquello no estaba previsto.

—Ni se te ocurra disparar, sería lo último que hicieras, aunque creo que no te queda mucho tiempo.

—Ten cuidado, Tarso, no tiene ninguna intención de comportarse como una persona civilizada.

—¿Pero tú que tienes que ver en todo esto?—preguntó una más que sorprendida Jones.

—Tenía morriña.

—¿De qué estás hablando, Tarso? Morriña, ¿de qué?—intervino Jaime.

—Luego te lo cuento, Jaime, no es momento de preguntas, ya te lo explicaré más detenidamente. Algo tenemos que hacer con ella. De momento, vas a dejar la pistola en el suelo, bonita.

Beth no se inmutó, continuaba mirando fríamente a Jaime decidida a disparar.

—Querida, no tengo ninguna intención de perdonarte la vida. Tira el arma, ¡ya! No puedes escapar y lo sabes. Tu equipo está detenido en su hotel, y la unidad de apoyo de la furgoneta blanca de la entrada, tardará un rato en despertar, probablemente en suelo norteamericano. Un error de principiante no tenerlos más cerca de ti cuando la suite contigua esta libre. Tu ex jefe debe estar entrando en el hall ahora mismo.

Jaime, a pesar de tener una Beretta apuntándole al pecho, estaba más relajado, tratando de descubrir en qué momento de su existencia sus más allegados habían empezado a mentir sobre sus vidas. Aunque su pellejo estaba en juego, poco podía hacer frente a dos tipos que por alguna extraña razón, parecían profesionales del asesinato, la tortura y todas las lindezas que en el mundillo de la diplomacia de los bajos fondos son.

—No sigas, Beth—fue lo único que se le ocurrió decir—. ¿De verdad te merece la pena matar a tanta gente?, y no lo digo sólo por mí, a quien tengo un gran afecto. No creo que tu abuelo estuviera de acuerdo, ¿quién es el asesino ahora? Sabes que sin los dosieres de Cooley y mi ayuda, no tienes nada que hacer. Lo sabes perfectamente.

Ella miró de nuevo a Tarso y comprendió que las posibilidades de liquidar a los dos eran nulas, sobre todo considerando que el tabernero había alcanzado a Abdul en la frente desde más de diez metros de distancia y sin duda sabía lo que hacía. Manejó todas las opciones reales y en todas perdía, una fortuna, la vida. Morir ahora, en un cuarto de tortura o en una cárcel. Sus increíbles ojos se fijaron por última vez en Jaime pero no pedían perdón, algo que nunca supieron hacer, sólo pedían algo de eso que los finolis de entretiempo llaman empatía. Núñez creyó ver una última mueca, una sonrisa perdida en un rostro confundido por el odio y la rabia, malgastado durante años en una absurda venganza, qué, como la de Henry Cooley, había terminado justo antes de servir el postre, con el sabor amargo de la derrota por el que creías tu aliado.

—Me hubiera encantado escuchar tu historia tabernero—dijo Beth.

Segura del final, se despidió de Jaime, giró sobre si misma y cambió su arma de dirección, hacia Tarso. No tuvo tiempo ni de apretar el gatillo.

53

Basilea, 2006

Jaime cubría su rostro con las manos y apoyaba los codos en las rodillas, lloraba como un bebé, sentado en el sofá, junto al cadáver caliente de su antiguo jefe. Sobre la mesa, su antigua compañera durante tantos años, tenía otro certero balazo entre ceja y ceja. Feliz de estar vivo, seguía necesitando respuestas.

—Vamos, vamos, pareces tonto, no la mires así, ha intentado matarte y no sólo hoy créeme, si le hubieras contado todo el primer día, te habríamos enterrado hace unos días. Ayúdame a registrar a este cabrón de Cooley.

—Es, bueno,…, no pue.., hazlo tú—tartamudeó—. ¿Por qué? Si buscas las llaves dijo que las hizo desaparecer.

—Lo dudo, nuestro agente en el banco me confirmó hace una hora que se llevó las cuatro llaves, aunque también se llevó la caja con el vial.

—¿Qué cuatro llaves? ¿Tú tampoco vas a aclararme nada?

—Espera, tu amigo Williams está a punto de entrar— dijo mientras revisaba a conciencia los bolsillos de la chaqueta—. Aquí están, sólo hay dos, aunque parece que de la misma cerradura, mierda, mierda. ¿Dónde coño están las otras dos? Ya llegan. Yo no he cogido nada, ¿está claro? Ya enviaremos un equipo a buscarla.

—Parecía sincero cuando dijo que nunca nadie podría acceder a las cajas. Mira, ya estamos todos—observó Jaime mientras terminaba de colocar la chaqueta de Cooley.

—Veo que no has perdido práctica con el tiempo, Nazareth.

—¿Naza qué?—preguntó Núñez.

Williams, Jake y otros dos agentes de pelo rapado, traje negro, zapatos relucientes y pistola en alto acababan de salir del ascensor.

—Nazareth, la ciudad donde creció…—comenzó a decir Jake con una sonrisa de oreja a oreja.

—Sé perfectamente dónde está Nazareth, gorila—Núñez se dirigió directamente a su amigo—. ¿Y bien?

—Era mi nombre en clave.

—Válgame Dios, ¡¡tú también tenías nombre en clave!! Me voy a poner yo uno. ¿Y nombre en clave de qué, si puede saberse?

—Trabajaba para el Mossad—intervino Williams—. Y supongo que has vuelto a echarles una mano, ¿verdad?

—Perdón—dijo Jaime levantando la mano mientras se dirigía al minibar—no me pienso levantar de aquí mientras no me cuentes esto. Ya puede venir el Presidente a torturarme, que por mis santos cojones no me levanto de aquí. La verdad es que no me sorprende, siempre me pregunté donde estaba Israel en toda esta historia.

—¿Recuerdas a Emily?

—¿Emily? ¿Aquella inglesa con la que saliste un mes hace más de quince años justo antes de irte a Alemania?

—No era exactamente inglesa y tampoco fui a Alemania, al menos no durante diez años. Emily y yo nos enamoramos como dos adolescentes, como lo que casi éramos. Ella vino durante un operativo, siguiendo a un ucraniano que quería vender un maletín nuclear a unos terroristas. Dos noches antes de que dejara España, la pedí que se quedara siempre conmigo y estaba seguro de que me diría que sí pero me llevé el mayor chasco de mí vida cuando se levantó y se fue sin decir nada. Al día siguiente, cuando cerraba el bar me estaba esperando en la puerta. Me contó la verdad, que no era inglesa, sino israelí, aunque vivía en Londres desde niña y que trabajaba para el Mossad. Yo no tenía muy claro que era aquello, así que cuando me lo contó me acobardé y la dije que se fuera, qué me había mentido. A la semana siguiente estábamos viviendo juntos en Inglaterra y pidió la baja en el servicio por mí. Se llevó una reprimenda bastante importante cuando informó a sus superiores, no en vano lo que acababa de hacer, revelar su identidad a un desconocido, es el peor de los errores que puede cometer un espía. Sin embargo, el asunto del ucraniano estaba a punto de cerrarse y tuvieron que continuar contando con ella para cazarlo. Un par de meses después, ella salió una noche a cerrar el trato, y yo, como buen español inseguro, la seguí en una moto de cross que había comprado para moverme por la ciudad porque nunca me acostumbré al volante en el lado izquierdo. El caso es que aquella noche también estaba presente aquí, nuestro amigo Williams, y la cagaron. El ucraniano descubrió el pastel y los compradores, creo que eran iraníes, la emprendieron a tiros. Un compañero de Emily murió y los americanos salieron por patas, así que decidí que para Quijote ya estaba yo, arranqué la moto, la saqué de allí y de paso me hice con el maletín.

Jaime había terminado con el primer Jack Daniels y se preparaba el segundo, ofreciendo un trago del mismo a Jake que tuvo que rehusar de mala gana ante la seca mirada de su jefe.

—Sigue por favor, me faltan las palomitas.

—No hay mucho más, les pareció que tenía talento y estuve unos cuantos meses colaborando con ellos hasta que decidieron que podía pasar a la acción primero como agente y al final como agente de campo responsable de todo un país, nos llaman Katsas. Fui su primer Katsa no israelí. Trabajé para ellos hasta que murió mi padre y decidí volver. Nadie repararía en el pasado de un tabernero.

—¿Y ella?

—Nos separamos al cabo de unos años. Se casó de nuevo con un Lord del sur del país y sigue trabajando ocasionalmente para Israel. Mi hijo vive con ellos aunque sólo nos vemos en verano, cuando viene a Madrid, como bien sabes.

—Era uno de los mejores—intervino Williams—.Coincidimos muchas veces y tengo que decir que me salvó el pellejo en alguna ocasión, como aquella vez en Pakistán. ¿Recuerdas? Escapamos dos equipos de cada país ametrallando un paso fronterizo y Tarso iba el primero, en moto. Cuando ayer vi por el retrovisor un tipo vestido de negro, supe que eras tú. ¿Podíamos habernos echado una mano mutuamente?

—Israel no colabora con nadie, lo sabes Eugene. Además, no tenía ni idea de que vuestra agente os había traicionado. ¿Es qué ya no revisáis los antecedentes personales de los candidatos?

—Yo no la recluté. Pero tenía un gran potencial, era nieta de un árabe, pero también de un ruso y en aquella época nuestros enemigos eran ellos. Trabajó excepcionalmente bien todos estos años, o eso creíamos. Parece ser que conocía de memoria la caja fuerte de Cooley, debimos haberla puesto vigilancia.

—Nosotros también erramos, amigo. Cometimos el error de pensar que este hombre era inofensivo. Eran los años de Eichman e Israel se preocupaba más de cazar nazis implicados en el holocausto que de científicos de medio pelo. Sé que lo tuvieron localizado un tiempo, pero como estaba en Estados Unidos se fiaron de vosotros. Se equivocaron, pero no tanto como vosotros, ¿pensabais que no sospecharía nada con coches aparcados a ambos lados de la taberna, o que dejaría el sobre detrás del mostrador?

>>La noche del registro, la pasé hablando con el jefe Dagan, informándole de la situación. Le pareció todo muy raro y me puso en contacto con el Katsa que se encontraba en Madrid. Habían detectado la llegada de Abdul a España junto con un equipo llegado directamente de Damasco. Ya le estaban siguiendo por eso cuando me dijo que se veía con ella, y te alcancé al final de la persecución, sólo pude avisarte indirectamente.

Williams no contestó, lo que aprovechó Núñez para hacer un inciso.

—Las indirectas no son lo mío. En cualquier caso, son muy interesantes estas historias de espías, en las que he estado a punto de morir, pero ahora que ya tengo claro que sois todos unos mentirosos, ¿qué pensáis hacer con los descubrimientos de este loco? ¿Soy al único que le preocupa lo que ha probado en Nueva York?

—Hasta donde yo sé—comentó Eugene—no hay posibilidad de acceder a la información o al menos los únicos capaces de ello, estamos en esta habitación. Las llaves fueron destruidas y el SCB nos parece un lugar tan seguro como cualquier depósito norteamericano. La epidemia no ha sido tal y los medios de comunicación no han informado más de lo que les hemos permitido. Parece que les inocularon el virus en el catering. Seguro que el cadáver de Cooley en un hotel de Suiza causará más expectación en los medios. Nosotros nos encargaremos de los otros dos fiambres.

—Por Israel no hay inconveniente. Encantado de verte de nuevo, Eugene.

—Lo mismo digo. Espero no volver a verte—contestó Williams mientras se estrechaban fuertemente las manos.

—Daos un beso si queréis. Si no os importa, me gustaría quedarme con el cáliz, creo que lo merezco, servirá para decorar mi estantería. Nunca tuve nada de oro. Si os parece, entregaré los manuscritos a la Biblioteca Nacional, me darán un carné para acceso restringido.

54

Madrid, 2007

La fiesta de inauguración de su espectacular triplex estaba siendo un éxito. Había comprado las dos plantas inferiores para invertir parte del finiquito que casi le costó la vida. Unos buenos amigos, alguna mujer y buena música. Todos sus amigos llevaban un rato borrachos y la estrella de la noche había sido Aguilera, que había contado la salida del garaje con los fugitivos, no menos de diez veces, incluyendo la llamada de Tarso pidiéndole que retirara el Porsche de la puerta de la Estación de Chamartín en cuanto Jaime lo aparcara. Él no había probado una sola gota de alcohol, su última copa, el tercer whisky en la suite del Hotel Victoria. Decidió que estando sereno, quizás se diera cuenta de si sus amigos tenían alguna vida en un universo paralelo. Mientras escuchaba de nuevo la historia, centró de nuevo la balda negra del mueble de la televisión donde, el cáliz que sirvió para que Martín Pérez escondiera un secreto que, cinco siglos después, pudo convertirse en el arma más peligrosa jamás construida, descansaba por fin. Ahora, las investigaciones de tantos años se encontraban en el SCB, guardadas para siempre, a menos que los chicos del Mossad hubieran decidido utilizar las llaves que Tarso le robó a Cooley. Mientras se sorprendía de estar todavía vivo, se daba cuenta de lo absurdo e importante en lo que te puedes convertir sin saberlo, siendo un Jaime Núñez cualquiera o un judío converso en la España de los Reyes Católicos. Contemplándola, se preguntaba si algún día las dos llaves perdidas que le birló a Tarso en sus narices y que descansaban dentro de la copa, abrirían, algún día, la puerta a la muerte.

Madrid, diciembre de 2007

www.ingramcontent.com/pod-product-compliance
Lightning Source LLC
LaVergne TN
LVHW092345170726
843489LV00001B/49